O TURNO DA NOITE

Volume 1

Os filhos de Sétimo

André Vianco

O TURNO DA NOITE

Volume 1

Os filhos de Sétimo

4ª reimpressão – novembro/2009

novo século®

São Paulo 2009

Direção Geral	*Nilda Campos Vasconcelos*
Supervisão Editorial	*Silvia Segóvia*
Editoração Eletrônica	*Sergio Gzeschnik*
Capa	*Christian Pinkovai*
Fotos da capa	*Marisa Samogin*
Revisão	*Ruy Cintra Paiva*
	Marileide Pereira Gomes

Dados Internacionais de Catalogação na Publicação (CIP)
(Câmara Brasileira do Livro, SP, Brasil)

Vianco, André
O turno da noite, volume 1 : os filhos de Sétimo / André Vianco. – Osasco, SP : Novo Século Editora, 2006.

1. Ficção brasileira I. Título.

06-5122 CDD-869.93

Índices para catálogo sistemático:

1. Ficção : Literatura brasileira 869.93

2009

Novo Século Editora Ltda
Rua Aurora Soares Barbosa, 405 – 2º andar
CEP 06023-010 – Osasco – SP
Fone (11) 3699-7107 – Fax (11) 3699-7323
www.novoseculo.com.br
atendimento@novoseculo.com.br

Este livro
é dedicado a
minha avó,
dona Geni.

Gênese

CAPÍTULO 1

Patrícia olhou para os outros três. Pálidos, olhos encovados, as-susta-dos. Ela teria medo caso encontrasse com aquele trio um mês atrás. No entanto, apostava que um mês atrás o trio também correria se topasse com ela numa esquina ostentando a adquirida aparência mortiça. Apostava que também tinham aquela fome diferente e teimosa queimando o estômago. Que aqueles três também traziam em algum bolso o pequeno papel amarelo dando o local e a hora do encontro. O vento revolveu a copa das árvores fazendo com que o quarteto, instintivamente, olhasse para cima. O parque Trianon era deliciosamente belo àquela hora da madrugada. Patrícia sorriu e meneou a cabeça negativamente. Tudo que estivesse submerso na escuridão lhe pareceria belo desde sua transformação. Daquele dia maldito em diante, em que fora arremessada ao fundo do porta-malas do Landau negro, as trevas passaram a ser seu refúgio, seu porto seguro. E na escuridão haveria de encontrar a beleza, o prazer e o amor. Olhou mais uma vez para os estranhos. Contornou a fonte. Nenhum deles tinha dito uma palavra e ela pensava se seria conveniente ser a primeira a abrir a boca, a marcar território. O rapaz mais próximo a ela, de cabelos loiros e espetados, era o que a encarava desde a chegada. Ele já estava ali quando ela chegara ao parque, saltando com rara graça e facilidade a alta grade na alameda Santos. Aquele "encarar" não era ofensivo. Tinha um quê de súplica. Mas mediante o silêncio da moça certamente o rapaz entendeu que ela não poderia ser a remetente do bilhete amarelo. Não, decididamente não era ela. Quem quer que tivesse escrito aquilo para o quarteto não precisaria nem mesmo ser convincente. Pessoas desesperadas costumam se apegar a qualquer vislumbre de esperança, de decência ou de explicações para a desgraça. Sim, estou falando aqui de quatro desgraçados que se juntaram por força de três linhas num bilhete amarelo. Quatro desgraçados em torno da famigerada fonte do parque Trianon, ponto de encontro de bruxos e bruxas, de frente ao conhecido Museu de Arte de São Paulo, o MASP. Estou contando a vocês a história de quatro vampiros.

Tirando o cara de cabelos arrepiados, Patrícia já tinha visto os outros dois na mansão. Como só batera os olhos umas duas ou três vezes em cada, envolta num total sentimento sofrido de repulsa e desespero, não os julgava "conhecidos", eram estranhos da noite, que ela tinha visto pelos cantos do covil, evitando o contato com os demais súditos do malévolo vampiro que sonhara um dia dominar a noite e postular-se novo rei da Terra: Sétimo. Patrícia, desde o princípio, negara essa condição... essa degeneração do corpo. Fora pega e transmutada por um vampiro selvagem, chamado Rafael, soldado fiel, treinado por Agnaldo. Patrícia deixou um sorriso malicioso escapar. Os malditos estavam mortos. Do velho covil de Sétimo haviam sobrevivido poucos vampiros, menos de dez talvez. A maioria era como ela, seres noturnos, recém-transformados que tinham aproveitado a confusão no covil para debandar e rastejar nas sombras. Vampiros fracos e sem instrução, se virando nas trevas, repudiando o sangue, sentindo o estômago queimar e a mente afundar num torpor infinito que impedia o entendimento de tudo que se passava. Talvez alguns deles tenham pensado em voltar para sua família, voltar para suas casas. É possível que tenham desistido ao chegar ao umbral da porta. A barriga queimava. Sabiam que queriam sangue. Qualquer sangue. Talvez o da irmã mais nova. Talvez do pai. Rastejavam de volta à agonia e enovelavam-se no desespero, negando em suas mentes perturbadas. *Não sou ruim! Não sou o mal! Não quero sangue, não quero!* Sonhavam em não terem sido picados pela mosca do inferno. Por não se terem contaminado pelo ser sem alma. Por causa dessa confusão mental, desse abandono, aqueles quatro estavam reunidos sob o céu escuro e sem estrelas, envoltos pelas árvores que farfalhavam docemente ao sabor do vento frio. Filhos da noite, agarrados a um fio de esperança.

Patrícia retirou o bilhete amarelo, à lá *post-it*, e releu a curta mensagem: "Duas da manhã, junto à fonte do parque Trianon... encontre um novo significado para sua vida".

Patrícia sorriu. Ironia. Vida? Que vida? Seu coração não batia mais. Seu corpo era frio e morto, animado por fios invisíveis que permitiam que ela continuasse se arrastando pelas ruas noite após noite.

— Você pode ter uma nova vida, Patrícia. Uma vida bem longe de parecer-se com uma marionete. — reverberou calmamente uma voz vinda das árvores, de todos os cantos.

Os quatro sobressaltaram-se. Acenderam os olhos e varreram o bosque com a visão vampírica. A voz serena tinha vindo de muito perto, mas não encontravam o dono das palavras ao redor.

Patrícia, assustada por ter sido chamada pelo nome, recuou alguns passos, olhos vermelhos, cintilantes. Abriu a boca e, no meio de um grunhido nervoso, exibiu longas presas. Estava assustada, mas atacaria se fosse preciso. Não sabia como, mas o maldito lera seu pensamento!

Raul, um dos garotos do trio masculino, curvou o corpo, debilitado, com o estômago ardendo, sentindo o peito pesado. Apoiou-se à beira da fonte. Estava com medo.

Os outros dois rapazes permaneciam olhando rapidamente para as árvores. Afastaram-se da fonte, preparando-se, atentos, como prontos para um súbito confronto.

— Vocês precisam desesperadamente de ajuda, crianças. Estão perdidos e confusos na vida escura. Foram abandonados por Sétimo e seus seguidores e, infelizmente, sobreviveram. Será que é por isso que sinto tanto cheiro de medo no ar?

Raul estava de joelhos. Peito apertado. Falta de ar.

Os três, ainda de pé, procuravam a origem da voz. Exceto pelo debilitado Raul, os outros imitaram a valente Patrícia, exibindo dentes pontiagudos.

— Raul... Raul... Não é de ar que precisa, filho. Teus pulmões não servem mais para captar oxigênio. Sabem por que precisamos respirar?

Os vampiros ouviam a voz vindo de suas costas. Viraram-se. Uma figura pálida, de roupas negras, corpo delgado e alto, caminhava no meio de brinquedos de um *playground* infantil. Estranhamente, ao colocarem os olhos na criatura, perderam o desejo de atacá-lo.

Patrícia fechou a boca, recolhendo as presas. Estava curiosa. Era ele! Ele tinha deixado o bilhete!

— Nunca se perguntaram por que continuamos respirando?

— Não. — respondeu o rapaz de cabelos arrepiados.

Raul respirava rapidamente, como se ainda sofresse falta de ar, como sofrendo um ataque de asma, uma crise respiratória, mas tentava se colocar de pé, olhando para o estranho.

— Precisamos respirar para falar e para caçar. — disse o estranho, inspirando prolongada e ruidosamente. — Simplesmente, para falar e caçar.

Os vampiros permaneceram mudos por um instante.

— Precisamos falar, filhos das trevas. Raul não vai morrer de falta de ar. Vai morrer é de falta de sangue. — tornou o homem, abrindo uma parte do sobretudo negro e tirando uma bolsa de sangue.

Os olhos do quarteto brilharam.

O homem cortou o topo da bolsa de sangue oriunda de algum banco hospitalar. Pressionou o material plástico e deixou algumas gotas de sangue irem ao chão.

Os vampiros grunhiram, ansiosos.

— Precisamos farejar. Para isso também serve o ar correndo pelas vias aéreas. Trazem o cheiro inebriante de nosso sagrado alimento ao nosso acurado nariz.

Os dentes afiados surgiram mais uma vez.

— Calma, crianças. Calma. Primeiro, vamos tratar do pobre Raul.

O vampiro de cabelos arrepiados avançou e tentou tomar a bolsa de sangue do visitante, mas antes que alcançasse o líquido vermelho, o rapaz foi arremessado com grande agilidade para longe da fonte, permitindo aos demais assistirem ao corpo desaparecer dentre as árvores.

— Avisem ao paspalho que não terá uma segunda chance comigo. Tenham paciência. Cada um na sua vez.

Patrícia e o rapaz de camiseta amarela deram passagem ao estranho homem de sobretudo. Não havia dúvida de que estavam diante de um vampiro, um bem poderoso.

O homem abaixou-se e tocou os cabelos de Raul com suavidade.

— Toma, filho.

Raul agarrou a bolsa de sangue e sorveu com sofreguidão. Em segundos o conteúdo passou para sua garganta e em instantes a fogueira em seu estômago abrandou-se.

O vampiro arremessado às árvores voltou com o cabelo recoberto por folhas secas. Patrícia, apesar da seriedade da situação, teve vontade de rir da figura. O vampiro grunhiu irritado, tinha sido desafiado, mas antes que chegasse muito perto do intruso debruçado sobre Raul, o rapaz de camiseta amarela impediu que começasse um novo ataque. O garoto cheio de folhas no cabelo rugiu, tentando desvencilhar-se dos braços fortes do companheiro.

— Quem é você? — perguntou Raul, com voz fraca, ainda abaixado, com a parte inferior do rosto toda suja de sangue.

— Serei o tutor desse quarteto perdido, se assim vocês quiserem.

— Como encontrou a gente? — foi a vez de Patrícia tentar satisfazer a curiosidade.

O vampiro encarou a garota. Uma menina nova, não teria mais que dezenove anos. Caminhou dois passos para perto da vampira novata.

— Eu encontro qualquer vampiro, querida. Qualquer um.

O estranho vampiro tirou mais duas bolsas de sangue. Abriu o topo da primeira usando as unhas. Estendeu-a ao relutante vampiro de cabelos arrepiados.

— Vou pedir para ele te soltar. Cabe a você escolher se quer continuar conosco ou se quer se juntar ao extinto exército do qual desertou.

O rapaz aquietou-se e tomou a bolsa de sangue.

Estendeu a seguinte para Patrícia. A vampira primeiro olhou com asco para o líquido grosso que escapava pelo bico deflagrado da bolsa plástica... aquilo era sangue humano, Deus do Céu! Mas em instantes o odor magnético do alimento venceu a repúdia da criatura e a sede louca que queimava suas entranhas incentivou um ataque tímido, a princípio, mas em segundos parecia querer virar o recipiente do avesso, tamanha a urgência em sugar o conteúdo.

Retirou a última bolsa do sobretudo. Repetiu o talho no topo do invólucro. Olhou para a etiqueta antes de lançá-la ao rapaz de camiseta amarela.

— Tipo O positivo. O meu favorito. — comentou, irônico.

O rapaz lançou-se ao ataque ao produto.

O homem caminhou dentre os jovens. Sorriu ao vê-los de certa forma alimentados, apesar de saber que estavam longe de estar realmente saciados. Conhecia a sede após longos períodos de abstenção. Aquilo serviria apenas como um gatilho.

— Meu nome é Ignácio. Dom Ignácio, se preferirem assim. — O homem alto e magro fez uma pausa, olhando-os, depois, com as mãos nas costas, começou a rodear a fonte. — Essa é minha identidade natal. Ouvirão me chamar de muitos outros nomes, não se atenham a eles. Vocês vão precisar de outros nomes no futuro. A identidade natal às vezes tem de nos abandonar por períodos.

— Por que nos reuniu aqui? — perguntou a garota.

— Porque estão perdidos e precisam se achar. Precisam aceitar o que são... vampiros. Sugadores de sangue. Vocês estão relutando demais em aceitar o sangue humano como refeição, como salvação. Vão acabar minguando até se tornarem carcaças imóveis. Precisam de sangue. Esse é o combustível da imortalidade. Acabaram de beber das bolsas, não ouvi ninguém recusar. Por que repudiam quando têm de caçar? São preguiçosos?

— Não. — disse o de camiseta amarela. — Não tenho preguiça... mas não quero matar ninguém.

— E o sangue que acabaram de beber?

— Era de um banco de sangue... não precisamos matar ninguém para... — interveio o jovem Raul, com a voz recuperada.

— Quem disse que eram de um banco de sangue?

— Estavam em bolsas de sangue... — murmurou o rapaz.

— Posso ter matado um mendigo antes de entrar no parque, enchido as bolsas e servido a vocês.

O quarteto ficou calado.

— Vocês têm muito o que aprender, crianças. Sangue é sangue. Não importa de onde vem. É comida. Vocês vêem humanos em depressão depois de sair de um MacDonald's? Se entopem de hambúrgueres e vão contentes para casa... estão encaixados e conformados com a cadeia alimentar. Nós também temos nosso lugar nela, um nível acima, infelizmente... para eles, é claro. — acrescentou Ignácio, com um sorriso sarcástico e duradouro.

— Eu não quero matar gente inocente.

— Percebi. Percebi isso em vocês quatro. Vocês não podem tirar a vida dos outros. Sabem por quê?

O de cabelos arrepiados, ainda com folhas presas aos fios, meneou negativamente a cabeça.

— Te respondo, Alexandre...

O rapaz espantou-se pelo fato de o vampiro conhecer seu nome.

— Porque você, como seus três amigos, foi escolhido na rua, foi recrutado contra a vontade. Você não queria ser um vampiro, Alexandre. Você vê mais prejuízo que benefícios sendo relegado à escuridão. Só enxerga a tristeza na vida escura... não quer abrir os olhos para os benefícios. A vida escura é cheia de benefícios. De extras. Vocês precisam abrir os olhos. Mas sem sangue, tsc, tsc... — estalou a língua, fazendo um rápido sinal negativo com o dedo indicador em riste. — ... lamento, *no benefits*.

Os vampiros novatos se entreolharam.

— Olhem para vocês. Se ficarem sozinhos, à mercê de suas próprias idéias e convicções, não duram mais um ano, quando, como eu, poderiam viver séculos.

— À custa de muitos assassinatos... — ralhou Patrícia.

— Sempre essa ladainha moralista. Lembre-se dos hambúrgueres. Você tem de se alimentar, querida. Todos têm. Come ou é comida. Foi sempre assim... e olha que eu tenho estado por aqui por muito, muito, mas muito tempo mesmo. Falo com conhecimento de causa. Os homens matam gado, nós matamos os homens. É ... como dizer melhor? É absolutamente natural.

— E se vivermos desse sangue que nos deu? — perguntou o de camiseta amarela.

— Sangue de mendigos?

O rapaz sorriu.

— Não, estou falando das bolsas de sangue, sangue hospitalar...

O homem olhou sério para o rapaz.

— Não é a mesma coisa, Bruno. Você é um rapaz forte... duas semanas sem uma gota de sangue e olhe para você! Está definhando. Seus músculos estão secando. Daqui a pouco sua força vai embora e não conseguirá caçar nem baratas. Sangue de hospital sacia a sede, mas não mata a fome. Hoje, uma bolsa basta, amanhã vai precisar de dezenas de bolsas por refeição, depois vai precisar de galões. Quem vai pagar essa despesa para você? Você pode ser bonitão, mas não há madame que suporte um custo desses, garotão. Escutem de uma vez por todas o que eu digo: para serem poderosos e vivos, precisarão de sangue direto da veia. Sangue quente! Sangue caçado! Sangue vivo! Gritos e súplicas durante o jantar. Esperneio. Vocês têm de aceitar a natureza das coisas.

— Mas se quisermos começar com o sangue de doadores? — insistiu Patrícia, como se agarrando a um fio de esperança.

— Como disse, vai precisar cada vez mais, cedo ou tarde vai convergir para o sangue da caça... queime logo essas etapas, só há a ganhar. Se insistir nas bolsas de sangue, uma hora não terá dinheiro suficiente para manter o vício. Sangue da rua é sangue de graça. Sangue de bolsas, por melhor conservado, para nós é sangue morto, não tem a mesma energia. — disse o homem, com um brilho vivo nos olhos cor de mel.

— Não posso com isso. — gemeu a garota. — Não consigo matar.

— Conheço um cara que matou oito mulheres em dois anos. Um psicopata. Seduzia as mulheres, trazia as pobrezinhas para sua vida, e, um belo dia, estrangulava as coitadas. A maioria tinha a sua idade, Patrícia. Eram novas, cheias de esperança, mal saídas da barra da saia das mamães, caindo nas mãos de um psicopata.

— A cadeia está cheia desses miseráveis. — juntou Raul.

— Errado. A cadeia está cheia de pobres miseráveis. Os ricos gozam de privilégios. Esse foi julgado, mas como é um figurão, herdeiro de uma fortuna do pai industrial... conhecem bem o Brasil, não é? Acho que não preciso me estender nesse tópico.

— Ele se safou. — balbuciou, irritado, Alexandre.

— Isso mesmo. Ele se safou.

— Desgraçado. — grunhiu Patrícia.

— Injustiças, crianças. O mundo é cheio de injustiças. — comentou o veterano, sorrindo ao deparar-se com o olhar cheio de ódio da vampira. — E esse é só um exemplo. Tenho uma lista cheia. Lotada de ordinários monstruosos.

— Por exemplo?

— Hoje é quinta-feira, não é?

— É, e daí?

— Daí que toda quinta-feira, na Radial Leste, numa certa danceteria, um traficantezinho de quinta categoria bate cartão. Dissemina crack, maconha, ecstasy e todo tipo de droga para a molecada. Garotada que podia se dar bem na vida, acaba sendo arrastada para o submundo por cretinos como aquele. Atrelado ao despencar do mundo das drogas vem a promiscuidade, o desespero, a perdição. O ritual de iniciação já é bem manjado. Faz-se de bom amigo, camarada, paga algumas rodadas de bebidas, incentiva o consumo dos químicos, não cobra nada. Depois de uma ou duas doses o "amigo" passa a cobrar pelo serviço. Interessa?

Os vampiros se entreolharam. Começavam a perceber onde o maldito veterano queria chegar.

Raul foi o único que baixou os olhos ao ser encarado novamente por Ignácio.

— Vocês não precisam tomar sangue de gente boa. Pai e mãe de família, estudantes esforçados, gente como a gente... — disse o vampiro, rindo ao final da frase. — Vocês podem se ocupar dos canalhas. — tornou sério. — O mundo dos humanos é como uma árvore, para tomar sangue, basta apanhar o fruto. Peguem os frutos degenerados, se têm pena dos belos. Podem ser as folhas secas e bichadas. Dos frutos vis e das folhas imperfeitas ceifem a vida e deixem a parte boa vicejar. Deixarão a árvore mais bonita, mais saudável e cheia de frutos sãos. Darão uma contribuição à sociedade. Serão vistos como heróis. Não como sanguinários predadores da noite. Logo estarão cheio de comunidades no Orkut.

Ignácio rodeou mais uma vez a fonte. Olhou para a esquerda, vendo um *playground*. Encarou o quarteto. Estava convencendo-os. Sabia disso. Sabia que não precisava exercer muito esforço. Estava vendo dentro deles, dentro de suas mentes. Vampiros adoram sangue, só precisam de uma boa desculpa para começar a matar. Logo aqueles quatro estariam dentro do seu jogo, seriam peças no tabuleiro. Seus olhos pararam na garota. A mais arredia. Tinha mais força psíquica que os demais, mas ainda não sabia disso.

— Seguindo minhas ordens, matando gente ruim, aprenderão a caçar de verdade. Essa gente que estou oferecendo é perigosa. Isso torna o jogo mais interessante. Sob o meu comando, vocês é que passarão a ser os perigosos. Vocês serão meus agentes. Temidos pelo submundo. Poderosos. Os donos da noite.

— Como assim?

— Vivo há tanto tempo que as coisas vão ficando monótonas. Tenho de arrumar o que fazer. Há pouco mais de um século montei minha agência de limpeza.

— Quantos anos você tem? — perguntou Patrícia.

— Digamos que passei a mentir minha idade depois dos quinhentos. Ainda estou conservadinho, não? Ninguém me dá mais de duzentos.

Os vampiros sorriram. O veterano poderia ser estranho, mas que tinha presença de espírito, isso tinha.

— Vocês trabalham e, em troca, além de serem pagos, serão treinados, lapidados, para se tornarem os mais malditos vampiros filhos da mãe que já pisaram na face da Terra. Seus nomes serão temidos por todo bastardo que estiver andando fora da linha.

— Sem essa, vovô. Sem querer te zuar, na boa... mas isso tá parecendo historinha de revistinha em quadrinhos. Filminho B norte-americano. — reclamou Alexandre, surpreendido pela proposta.

— Você é quem escolhe, garoto. Já estou velho para ficar discutindo. Se quiser, junte-se aos outros. Se não quiser, segue teu caminho e seja atropelado pelos demais.

— Demais?

— Acorda, garoto! Acha que vocês quatro são exclusivos? De tempos em tempos surge um desgraçado. O conflito no plano dos espíritos sempre expurga conseqüências para cá. — Ignácio fez uma pausa na fala, seus sapatos estalavam contra o piso em volta da fonte. — Só um aviso: Quando você cruzar com os outros, não espere boas-vindas, braços abertos, ou um saquinho de sangue de mendigo. Os outros detestam novatos. Simplesmente, detestam. Novatos são craques em fazer merda e jogar na lama nossa oportuna invisibilidade existencial.

— Você está falando de outros vampiros? Eles matam os novatos?

— Matam, querida. Eles matam os novatos. Eles desfiam, na unha. O último novato que eu cruzei o caminho, em Varginha, também não quis trabalhar para a minha agência... começou a chamar a atenção, molestando o gado, sugando cabras. Isso fez aparecer notícia aqui e ali... não durou muito, pobre coitado. Felizmente essas coisas o povo esquece logo. Se deixo vocês soltos ou morrem por falta de sangue ou começarão a tomar sangue de gente errada. Já pensou se, por engano, vocês perfuram o pescoço de uma freirinha desgarrada, de um professor aposentado? A imprensa vai cair matando. Os veteranos vão cair trucidando. Agora, quem liga para os facínoras, assassinos e traficantes? Ninguém. Podem apostar. Estou nesse ramo há séculos. Entro e saio da casa desses malfeitores. Faço um bem para a sociedade. Gente põe as mãos para o céu quando descobrem que fulano morreu, beltrano desapareceu ou sicrano se matou. Não querem nem saber como foi. Faço um bem. Agora não trabalho mais. Com os séculos, isso cansa. Uso vocês, os novatos, para fazerem o serviço pesado, colocarem a mão na massa, com isso vocês aprendem, ficam longe dos vampiros perigosos e eu mantenho meus clientes e as vantagens que esse tipo de serviço me acarreta.

— Não sei. Por que nos matariam? Somos quatro vampiros que evitamos aparecer e repudiamos matar pessoas... — insistiu Alexandre.

— Veteranos são escória. Envelhecem e tornam-se apegados demais aos poderes vampíricos, aos encantos da vida eterna. Odeiam gente nova, que possa abalar o equilíbrio da sociedade. Se quiserem ser adotados por mim, viverem sob minha custódia, ninguém ousará destruir vocês. Nem vocês nem eles sabem até quando vai sua repulsa ao sangue. Quando seu corpo chegar ao limite, talvez você, Alexandre, se torne o mais carniceiro dos assassinos para abastecer-se de sangue. Quando um maldito sanguessuga toma gosto pela coisa, vira um monstro. As pessoas entram em alarme, o zunzunzum começa. Viram o circo que Sétimo armou? E ele não era exatamente um novato. Era um novato nesse mundo, por isso subestimou o Exército, subestimou as armas humanas. Sétimo vivia com parâmetros do passado, quando nosso inferno era apenas o maldito e desgraçado Tobia. Não duvido que esse circo do Exército continue por meses, talvez até anos. Tomem cuidado nas ruas. Evitem aparecer. Podem atrair veteranos loucos para tirar seu couro ou até mesmo uma nova geração de caçadores de vampiros.

Os quatro se entreolharam.

— Talvez a gente precise de um tempo para pensar... — disse Bruno.

— Pensem, garotos. Pensem à vontade. Uma dádiva que a eternidade traz é a paciência. Podem pensar por cinco anos.

Os vampiros, desarmados com o jeito interessante do veterano, sorriram, despreocupados por um instante, como se não estivessem decidindo vida ou morte de terceiros.

— Brincadeira. Vocês têm até segunda-feira. Enquanto isso, vão experimentando o que eu digo que é vantagem. — Ignácio abriu o sobretudo mais uma vez e retirou quatro envelopes amarelos, cada um no tamanho de meia folha de sulfite.

Ignácio tirou um par de óculos do bolso do peito. Ajustou sobre o nariz e empunhou o primeiro envelope.

— Essa é a segunda lição de hoje, meninos.

— Qual?

— Não preciso de óculos. Uso isso para despistar. Temos de parecer humanos. Imitar, inclusive, suas falhas. Como dizia um finado amigo meu: Precisamos ser uma garça dentre as garças.

Ignácio remexeu os envelopes. Apanhou o que queria, retirou o conteúdo, que consistia em um punhado de papéis e uma chave.

— Patrícia Correa de Barros, dezenove anos, estudante de veterinária, morava em Cotia até ser capturada pelo grupo de Sétimo. Nasceu em Brasília, os pais vieram para São Paulo quando você ainda tinha cinco anos. Passatempos prediletos eram videogames, filmes com Brad Pitt, música techno, apesar de não gostar muito de sair. Tímida. Sua melhor amiga se chama Lígia. Não tem cachorro de estimação pois sua raça predileta é São Bernardo e o apartamento dos pais era pequeno demais para um monstro peludo e babento deste porte. Gosta de praia. Os sonhos são difusos, dividem-se em montar uma clínica veterinária com sua melhor amiga, trabalhar num hotel em Miami, abrir um restaurante badalado no nordeste. — Ignácio ergueu os olhos e encarou Patrícia. — Você é muito indecisa, menina. Mas não se preocupe. Acabou de achar a luz guia de sua vida.

Patrícia passou a mão nos cabelos.

— Como pode saber tudo isso? Você invadiu minha casa? Torturou meus pais? — os olhos da vampira tornaram-se vermelhos.

— Acender os olhos contra um vampiro mais velho denota completa falta de respeito. Posso te matar queimada agora sem ser acusado de assassinato injusto pelos veteranos.

— Tô pouco me fodendo para os veteranos! Quero saber como conseguiu isso?

— Bem, como quero muito que trabalhem para mim, estou distribuindo concessões essa madrugada. Acalme-se, que tem muito mais. Quem levanta essas informações para nós é o pessoal do turno do dia.

— Turno do dia?

— É. Eles controlam a informática, logística e a rede de informações para o pessoal da limpeza, vocês, mais conhecidos como "o turno da noite".

— Tá de brincadeira? — perguntou o rapaz.

— Não, Raul. Não é brincadeira. A agência é organizada. Temos o pessoal do dia, o serviço mais *light*, mais burocrático. E temos vocês, o pessoal da escuridão, o pessoal da pesada, o turno da noite.

Os vampiros voltaram ao silêncio.

— Posso? — perguntou Ignácio, querendo continuar.

Os vampiros aquiesceram.

— Bem, como o turno do dia levantou dados como seu CPF, assinatura, novos comprovantes de residência e todo o sortimento de "papéis de existência", que são os papéis que simulam sua vida normal, chegamos a isto. — disse o vampiro, estendendo o envelope para a garota, deixando para fora apenas um papel e uma chave.

— O que é isso?

— Isso é sua nova conta bancária, com o primeiro pagamento adiantado e a chave do seu novo endereço. A decoração do apartamento é provisória, tentei criar um ambiente aconchegante para sua conversão, naturalmente, se não estiver a contento, quando estiver mais calma e mais lúcida, a senhorita poderá escolher outro mobiliário ou até mesmo outro endereço.

Patrícia olhava boquiaberta para um extrato bancário anexo à folha com seus dados pessoais.

— Isso aqui... isso aqui é meu saldo?

— Sim, Patrícia. Esse é um extrato onde consta meu primeiro depósito.

Patrícia sentou na mureta que cercava a fonte.

— Deus... nunca vi tanto dinheiro na minha conta.

— Quem disse que trabalhar para mim não valeria a pena? — perguntou, debochado, o vampiro Ignácio.

Os demais vampiros cercaram a garota tentando ver a soma depositada.

— Não se afobem, rapazes. Dentro de cada envelope há um igualzinho para vocês.

Os rapazes olhavam de Patrícia para Inácio alternadamente. Aquilo não poderia estar acontecendo!

— Seguinte. Deixe-me ver... Bruno Ferrari. Bisavós italianos. Vivia em Sumaré, interior de São Paulo. Veio para a capital para cursar jornalismo. Dividia o apartamento com três amigos. Douglas, Marcelo e a bichinha do Paulinho. — Ignácio olhou para Bruno sobre os óculos desnecessários. — Sabia que até agora eles não deram queixa para a polícia. Nem seus pais. Ninguém notou seu desaparecimento. Também pudera... Bruno só visitava os pais nas férias do fim do ano, nas semanas de Natal e ano-novo. Depois disso os pais passavam o ano sem vê-lo. Os amigos pouco sentem falta porque

Bruno passava mais tempo nos apartamentos das namoradas do que no próprio. Você tem energia, hein, garanhão?

Bruno sorriu.

— Mas se parar de tomar sangue, adeus a esse corpo atlético e sorriso sedutor. Toma, seu depósito e a chave do seu novo ninho de luxúria e devassidão.

Bruno abriu ainda mais o sorriso ao conferir o valor do depósito. Como Patrícia dissera, ele também nunca tinha visto tanta grana na sua conta corrente universitária.

— Raul Azevedo Diaz... Raul Azevedo Diaz. — repetiu o vampiro. — Gostei da sonoridade do seu nome, rapaz. O que temos aqui? — Ignácio puxou o relatório. — Desempregado. Não estuda. Gosta de cinema e gasta parte do tempo no fliperama. Tinha um carro, velho, mas era seu. Música: rock, sertanejo, pagode, onde tiver agito, você vai... bem eclético, não? — Ignácio coçou a sobrancelha. — Ia aos bares, festas, diversão. — o vampiro encarou o rapaz. — Sem emprego? Onde arrumava dinheiro para tudo isso?

— Nem sempre se precisa de dinheiro para freqüentar os lugares que eu freqüentava...

— Sei, Raul... sei. Toma. Sua chave. Seu dinheiro. Depois converso com você em particular.

O vampiro veterano virou-se para Alexandre, o garoto de cabelos arrepiados que tinha tentado tomar-lhe a bolsa de sangue.

— Alexandre Gouveia... impetuoso, pavio curto. Bem, sua ficha traz um misto interessante. Estudante de informática. *Hobby*: esportes radicais. Música: reggae, punk-rock, bandas nacionais. Eu gosto muito do Paralamas do Sucesso e do Titãs... Ivete Sangalo também é *show*, mas para quem conviveu e ouviu Chiquinha Gonzaga ao vivo, essas coisas perdem um pouco a graça e enchem meu peito de nostalgia. Hoje nós vivemos num mundo estranho, onde nem nossa sombra põe medo... os humanos têm demônios maiores para se preocupar. Você tem de canalizar sua energia contra os inimigos certos, Alexandre. Pegue cá sua chave e seu depósito. — Ignácio aquietou-se depois de entregar o último envelope.

O vampiro veterano caminhou de volta ao *playground*. Olhou para o quarteto. Estavam dominados. Serviriam à sua agência. Suspirou. Era fácil demais arrebanhar os novatos desgarrados. Eram inocentes, mas aprenderiam a ser vampiros perspicazes e maliciosos. Precisavam, do contrário, seriam devorados pelos outros.

— Os carros estão em frente ao parque. São os negros, com pisca-alerta ligados. Somente entrem e relaxem. Por favor, não devorem os motoristas. É difícil contratar gente discreta hoje em dia.

Os vampiros se entreolharam pela enésima vez enquanto o veterano se afastava. A figura esguia e pálida desapareceu diante de seus olhos.

— Quando tivermos a resposta, como vamos te encontrar?

— Eu encontro vocês, garotos. Vão em paz. — orientou a voz fantasmagórica do vampiro desaparecido.

Os quatro olharam ao redor. Depois voltaram a se olhar sem trocar palavras. O coração de cada um carregava o peso dos últimos acontecimentos. Alguns acreditavam ter encontrado o que queriam. Um vampiro experiente sem desejos megalomaníacos de conquistar o mundo para orientar-lhes na nova vida escura. Outros se perguntavam até onde poderiam confiar em Ignácio. Quem era aquele vampiro? A sensação de calma na presença do enigmático veterano se desfizera segundos depois de seu desaparecimento. Era com se tivessem sido enfeitiçados com sua presença.

Deixaram o parque em silêncio, saltando a grade frontal com agilidade vampírica. Caminharam pelo calçamento da avenida Paulista. Como prometido pelo vampiro, em frente ao parque estavam estacionados quatro carros negros, quatro limusines. Quatro homens de ternos escuros conversavam e pararam imediatamente ao detectarem a presença dos jovens. Cada um dos homens colocou seu quepe e dirigiu-se a um dos carros, abrindo a porta traseira para os passageiros.

Os vampiros trocaram um olhar pela última vez naquela noite e, silenciosamente, entraram nos carros sentando-se em bancos caros de couro, adentrando um universo inesperado de luxo e riqueza.

CAPÍTULO 2

Passava das quatro da tarde quando o empreiteiro mandou a turma de trabalhadores dar uma pausa na labuta. Chamou todos os homens que trabalhavam na reforma do posto de gasolina na avenida dos Autonomistas para um cafezinho rápido. Dando uma pausa na obra sempre ganhava um moral com a rapaziada, ainda mais quando aguardava estrategicamente uma brecha bem perto do final do expediente.

Celso e Tico foram os primeiros a pegar as canecas com café e dois pães com manteiga cada um. Caminharam até a ponta do posto de gasolina e sentaram numa pilha de tijolos. Um imenso reservatório de gasolina, novinho em folha, jazia no fundo do buraco escavado no chão de terra vermelha.

— Esqueci de perguntar ontem, cara. — começou Celso, um senhor baixinho e mirrado, com camisa azul-marinho de botões, sem mangas e usando uma calça cinza de brim, suja de gotas de massa de cimento.

— Desembucha.

Celso tomou um gole de café e tascou uma mordida no pão antes de voltar a falar.

— E o forró do domingo? Foi bom?

Tico, ainda de boca cheia, respondeu ao colega.

— Nem te falo, Celso. A coisa pegou fogo.

— Fogo? Catou a Soninha de novo?

— Pára, cara. Eu nunca mais cato aquela mulher. Bichinho complicado, sô!

— Tá falando sério?

— Opa, com certeza. Só me deu dor de cabeça.

— Tô sabendo que ela te deu mais coisas que dor de cabeça, Ticão. Ah! Ah! Ah!

O amigo também riu.

— Nem brinca. Parei com ela. Só dava problema, cara. Ralhava uma coisa atrás da outra.

— E pegou fogo por quê?

— Por causa da Fofolete. Ela tava lá. — disse o pedreiro, afundando metade do segundo pão na caneca de café e lavando-o pingando até o beiço.

Celso arregalou os olhos.

— Cê pulou do fogo pra frigideira, meu irmão! A Fofolete, não! A Fofolete é a maior roubada. Pior que a Soninha.

Tico deu o último gole no café e levantou irritado com a conversa.

— Roubada por quê?

— Primeiro que ela é feia igual o mapa do inferno. Segundo que todo mundo do forró já catou a Fofolete. Você parece tonto.

— Ah! Celsinho! Você tá é com uma inveja danada. Primeiro fala mal da Soninha, agora até a coitada da Fofolete. Você tá malhando. Quer saber a realidade?

Celso deu de ombros.

— Você não entende nada de mulher. Nem a Fofolete deu bola pra você.

Foi a vez de Celso matar o resto do café e levantar-se irritado.

— Não entendo nada!? Ah, seu cabeçudo! — protestou o pedreiro, tirando a carteira do bolso de trás da calça de brim velha e surrada e pegando uma fotografia no interior. — Dá uma olhada na minha nova namorada. Catei lá no Bermuda Dancing. Ganhei até retrato.

Tico apanhou a fotografia, mirou por um momento e caiu na gargalhada.

— Você chama isso de mulher? Isso aí tem mais barba e pêlo que o Tony Ramos, filho.

— Olha! Respeito é bom e eu gosto.

— Respeito o caçamba! Fala mal da Fofolete mas tem coragem de mostrar um troço horrível desse pra mim. Credo em cruz. Isso aqui tá parecendo a monga, meu irmão, tem cabelo que não acaba. — brincou Tico, arremessando a fotografia para o alto, com descaso.

Diante do olhar atônito e impotente de Celso, a fotografia girou no ar e subiu. Uma súbita rajada de vento empurrou o retrato para longe. Para azar do pedreiro enamorado, a fotografia caiu pela abertura do coletor do imenso reservatório de gasolina que estava sendo instalado no posto.

— Eita! Olha só o que você fez! Doido da bexiga.

Celso correu até a beira do barranco e, com cuidado, passou para cima do reservatório. O amigo Tico voltava para a mesa do café para devolver a caneca e voltar ao batente. Não estava nem se importando com a aflição do parceiro. Celso andou sobre o tanque. Seus passos ecoaram no interior oco da peça férrea. Enfiou a cabeça pela abertura. Um círculo de sol, imperfeito por conta da sombra do trabalhador, iluminava o fundo do tanque. Viu o retrato caído bem no meio da luz.

— Cacete. Como vou pegar essa porcaria? Tenho de devolver pro albumzinho. Saco. — Celso tirou o rosto da escotilha de inspeção e tapou o nariz. — Bodum da gota. Tá fedendo cachorro molhado isso aí.

O homem olhou de novo para o interior do tanque. Saltou de cima da peça para o chão trincado do posto. Apanhou uma escada de madeira e enfiou pela abertura. Antes de deixar o posto iria descer para pegar o retrato.

✠ ✠ ✠ ✠ ✠ ✠

— Vamos correndo pro ponto final senão a gente perde o Del Rey. — apressou Tico, secando o cabelo e as costas antes de colocar a camiseta.

— Num vou correr, não, seu cabeçudo. Tenho de pegar a fotografia da Verônica lá do fundo do poço.

— Eita, Celso. Tá pensando naquele pesadelo ainda? Te fiz um favor e é assim que me agradece, fazendo eu ir sozinho sem ter um cabra pra conversar?

— Conversa com Fofolete.

Tico deu risada da brabeza do amigo e apanhou sua bolsa de mão.

— Então eu vou indo. Corre que ainda dá tempo.

Celso demorou para sair, abotoando a camisa limpa e amarrando os cadarços do sapato. Deu uma caprichada no desodorante *spray* e no perfume para não ir catinguento no coletivo.

Quando saiu do vestiário as buzinas não davam trégua no trânsito congestionado daquele pedaço da Autonomistas. O sol morria no horizonte, deixando o céu roxo. Celso caminhou até o reservatório. Talvez alguém dentro de um dos ônibus coletivos parados no sinal tenha visto o homem descer pela escada de madeira, mas ninguém com quem trabalhava tinha assistido sua incursão.

O homem desceu cada degrau xingando Tico e maldizendo o fedor infernal instaurado no ar viciado do tanque. Quando tocou o chão deu graças a Deus, tão logo pegasse a fotografia estaria se colocando para fora. Olhou para o chão e coçou a cabeça. O sacana do Tico tinha aprontado. A foto não estava ali onde vira no final da tarde, coisa de uma hora e meia antes. O Tico tinha pegado. E se o vento tivesse soprado para os cantos? Será que o ar conseguia entrar ali embaixo e criar uma corrente capaz de deslocar o retrato? Coçava a cabeça e girava em círculo olhando onde a visão alcançava quando ouviu um barulho no fundo do reservatório e sentiu um calafrio penetrar a pele. Virou-se na direção do som. Engoliu saliva olhando para a fotografia. Acabava de encontrá-la, nas mãos de um rapazinho que devia ter no máximo uns dezoito anos. Era branquelo que nem queijo-de-minas e vinha andando nu. Devia ser um doido varrido, fugido de casa ou do hospício.

— Ô, garoto. Tu não pode ficar aqui, não. Aqui é do posto, vai encher de gasolina.

— É? Sério? — respondeu o rapaz, com notório pouco caso na voz.

Celso tateou para trás encontrando a escada sem olhar para ela. Seus olhos estavam fixos no rapaz e no retrato.

— Essa fotografia é minha. Eu desci pra apanhar.

— Sério?

Celso aquiesceu. O rapaz tinha algo de estranho no olhar. Os olhos eram frios e pareciam... era estranho... pareciam vermelhos.

— Ela é sua namorada?

Celso só balançou a cabeça negativamente.

— Ainda bem, tchê. Ela é feia demais da conta.

Celso reconheceu um sotaque sulista na voz do rapaz. Ele se aproximava cada vez mais. O fundo do buraco foi ficando cada vez mais escuro naqueles últimos segundos. Definitivamente o sol morria no horizonte. Celso cerrou os olhos para acurar a visão. Queria pegar a fotografia, mas não queria chegar muito perto do rapaz. Os olhos... eles começavam a dar medo. Olhou para os cantos procurando um pedaço de pau ou algo que pudesse usar para bater no guri se ele teimasse em não soltar o retrato, pois parecia que não ia soltar de graça. Quando ergueu os olhos o sangue gelou nas veias. Sem fazer barulho o garoto tinha eliminado a distância entre os dois. Estendeu a fotografia para Celso.

O pedreiro apanhou o retrato que passou a tremer por culpa da mão mole do homem. Celso tateava a escada novamente quando o rapaz pôs a mão em seu queixo e deslizou-a até o pescoço. Calafrio. Medo. Engoliu em seco. A mão do menino, Deus o livre! Era gelada feito mão de defunto.

Hélio abriu a boca e segurou firme o pescoço do homem que fez força, em vão, para se afastar. Hélio exibiu dentes afiados e pontiagudos.

— Deus Pai, me ajuda... — murmurou o homem, começando a se debater e tentando virar-se para a escada.

Hélio segurou o homem ainda mais firme. Seus dentes cravaram no pescoço da vítima e a outra mão tapou a boca do infeliz para que não gritasse. Sua primeira refeição em dias escondido no fundo do tanque. Não podia servir-se de tudo. Tinha mais duas bocas para alimentar.

CAPÍTULO 3

Patrícia levantou-se e foi até o meio do quarto, estava tudo escuro, cortinas grossas, bordôs, pendiam do teto garantindo à vampira a devida segurança. Andou pelo quarto acostumando-se aos móveis novos, de madeira nobre e cores sóbrias. Ainda se encontrava confusa, insatisfeita com as explicações dadas pela criatura.

Sabia que já era noite, e seria seguro se aproximar da janela. Com um movimento rápido afastou as cortinas e pôde ter uma visão geral da paisagem. O parque Villa Lobos parecia vazio e calmo.

A vampira respirou fundo para sentir o cheiro da noite. Estava se habituando à capacidade de sentir mais cheiros do que poderia no passado. Era como Ignácio tinha ensinado: o ar só servia aos vampiros para levar e trazer os cheiros e para fazer as cordas vocais vibrarem. Oxigênio já não era um ingrediente necessário à sustentação da vida. Os músculos funcionavam mediante sangue fresco, e era disso que precisava. Talvez um outro encontro com Ignácio pudesse render uma nova bolsa cheia daquele líquido fabuloso. Sentia-se muito melhor naquela noite do que no começo da noite anterior, quando se completaria mais uma semana de abstinência ao fluido escarlate.

A vampira saiu do quarto e andou pela sala. Estava sozinha no apartamento. A cozinha vazia, a área de serviço vazia, encontrando móveis apenas no quarto e na sala. Perguntava-se por onde andavam os outros. Estariam igualmente deslumbrados com o ambiente confortável e abastado oferecido pelo vampiro? Queria vê-los. Saber se já haviam chegado a alguma conclusão quanto à proposta de Ignácio. Precisava da anuência do grupo. Patrícia sorriu. A palavra grupo ecoava em sua mente. Era parte de um grupo? Do modo como o velho vampiro tinha colocado, sim, era peça dum grupo de malditos vampiros. Sozinha não tomaria tal decisão. Não conseguia sequer imaginar-se assassina. Apesar da lembrança do sangue ofertado por Ignácio revolver-lhe o estômago e a ainda vívida sensação de bem-estar após servir-se da bolsa do banco de sangue percorrer seu ser, não se sentia capaz de matar uma mosca, conhecia as próprias limitações. Sabia que em situações extremas poderia até atravessar uma parede cavando com as próprias unhas, mas matar a sangue-frio, assim, num estalo... impossível. A imagem de Rafael e seu bando prendendo-a no porta-malas do Landau negro junto com o coitado do Júlio invadiu a memória. A garota julgava-se incapaz de fazer mal aos outros, mesmo a um palhaço assassino de mulheres.

Apesar de poucos móveis à disposição, aqueles que ali estavam eram de extremo bom gosto. Patrícia não vinha de uma família abastada, mas seus olhos sabiam reconhecer coisa fina. Madeiras grossas e escuras na mesa de jantar. Um sofá de couro, almofadas mais claras. Tudo retangular, geometricamente proporcional e casado. Estava numa casa chique. A garota vampira voltou para o quarto pensando em checar o guarda-roupa. Com sorte encontraria alguma coisa para vestir. Quando abriu a porta corrediça do móvel teve uma grata surpresa. Aquilo era mais que um guarda-roupas. Era o sonho de consumo de qualquer adolescente na sua idade. Gavetas e compartimentos estavam abarrotados de roupas, apetrechos e acessórios para seu número de manequim. Patrícia levou a mão à boca e soltou um sussurro. A sapateira contava com duas dúzias de calçados novinhos em folha. Mais um presente fornecido pelo veterano aliciador de vampiros órfãos. Assim que Patrícia começava a enxergar Ignácio. Um vampiro antigo que os havia encontrado e que agora a cercava com luxo, dinheiro e presentes de tirar o fôlego, coisas que sequer imaginava estarem ao seu alcance. Sim, tudo aquilo era de tirar o fôlego, o documento do apartamento que viera incluso no envelope amarelo estava em seu nome! Um imóvel daquele quilate em seu nome! Era como acertar na loteria. Era coisa demais. A garota lembrou do pai. Os pêlos da nuca arrepiaram. Seu pai sempre dizia que não existia almoço grátis no mundo dos negócios. Se Ignácio estava dando aquela fortuna ao grupo, com certeza cobraria algo em troca. Aos olhos da jovem Ignácio não transpirava altruísmo nem caridade. Tinha alguma coisa por trás daquela cara pálida e daquele jeito fraterno de abraçá-los e cativá-los. Ignácio era poderoso e perigoso.

Patrícia retirou um par de sapatos de salto alto do guarda-roupa e os calçou. Mirou-se no espelho. Não considerava-se exatamente vaidosa, mas diachos! Como aquelas roupas lhe caíam bem! Estava se sentindo uma rainha. Uma rainha sombria e encerrada num castelo frio. Patrícia usava uma saia longa de tecido pesado, meias negras e um corpete apertado em sua cintura bem desenhada. Seus olhos entristeceram quando fitou seu rosto mais detidamente. Nunca se vira tão pálida. Suas veias tinham escurecido na base do pescoço, e alguém mais atento perceberia aquelas ramificações capilares se alastrando por suas bochechas finas e delicadas. Patrícia passou a mão no rosto, afastando os cabelos longos e ondulados, suspirando mais uma vez. Seu peito pesava. Não era mais a criança brasiliense feliz de outrora, que ria com as palhaçadas do pai e as coceguinhas perpetradas maquiavelicamente pela mãe. Não era mais a adolescente que morava em Cotia e pegava condução para chegar à USP onde cursava o segundo ano de veterinária. Era uma morta. Pega num revés da vida. Encalacrada num Landau preto e feita vampira, bicho da noite. Patrícia espantou os pensamentos. Não queria novamente mergulhar nas lembranças angustiosas que a tinham entorpecido ao ponto de não ligar para continuar naquela emulação de vida ou perecer ao sol durante os dias que permanecera cativa no quartel de Quitaúna. Seu ódio por Sétimo e suas crias era tão grande que chegara a se oferecer ao militar que chamavam de Brites para entregá-lo de bandeja. Queria ter tido o gosto de ser ela a responsável pelo extermínio daquele morcego em forma de menino. Precisava sair dali. Arejar a cabeça e voltar ao presente. Quem era Ignácio e o que ele queria de fato? Até queria engolir aquela conversa de veterano protetor, mas estava difícil. Talvez se conversasse com os outros... talvez algum deles tivesse percebido alguma coisa e também estivesse com aquela pulguinha atrás da orelha.

Patrícia atravessou a sala e saiu para o corredor social. Não existiam outras portas no andar. Seriam daqueles prédios de um apartamento por andar? O elevador chegou silencioso e o ambiente interno era extremamente agradável. A luz suave não incomodava os olhos sensíveis da vampira. Patrícia cruzou o *hall* sem chamar a atenção do recepcionista da noite. A frente do edifício era adornada com um jardim muito bem desenhado e de composição criativa. Encantaram os olhos da garota que chegou a parar para admirá-lo.

Patrícia voltou a andar, os olhos passando por toda a parte frontal da propriedade e os saltos estalando contra o piso de pedras enquanto atravessava o passeio até o calçamento público. Antes de chegar ao portão que guarnecia a entrada do edifício ouviu o estalar do destravamento da tranca. Puxou a grade de barras sinuosas e chegou até a rua. Bateu os olhos no relógio de pulso. Quinze para a meia-noite. Ainda era cedo para uma vampira. Patrícia olhou para os lados. Um carro passando em baixa velocidade. Algo atraiu sua atenção sobremaneira. Seus pensamentos encheram-se de tristeza. Morte. Sentimento de finitude. Pesar. Seus olhos encontraram dois ocupantes no veículo. Uma mulher loira secava os olhos. Ela chorava. Patrícia inspirou fundo e fechou os olhos. Em poucos segundos aquele carro virou a esquina, desaparecendo de seu campo de visão e levando embora aquela estranha e invasiva sensação. Virou na direção daquela esquina onde mais carros passavam. Encontraria um táxi com certeza. Tinha vontade de ver seus companheiros de situação. Não sabia como contatá-los. Sentiu uma série de pontadas na cabeça. Fechou os olhos novamente e começou a caminhar. Ninguém na rua. Tudo calmo. Antes que saísse da frente do prédio um ronco conhecido chegou aos ouvidos. Olhou para o asfalto. A limusine que a conduzira até o apartamento encostava ao seu lado.

O motorista se aproximou lentamente como que aguardando a autorização da mulher de negro. O vidro do motorista deslizou suavemente permitindo a vampira identificar o rosto do condutor. Era o mesmo da noite passada. O homem lançou um sorriso franco. Patrícia parou vacilante, observando-o. Não estava acostumada com aquilo. Um motorista à sua disposição. Era estranho demais para uma menina criada como ela. A porta traseira abriu automaticamente para a passageira. Patrícia aquiesceu e entrou, tomando lugar nos confortáveis bancos de couro. Todo aquele luxo a deixava com um pé atrás. Aquela velha história de que quando a esmola é muita o santo desconfia.

A vampira recostou-se confortavelmente. Ficou observando as luzes dos postes descendo ao chão. Chegaram a uma avenida movimentada. A luz da noite estava diferente. Como se os tons das coisas puxassem um pouco mais para o verde. Via com mais clareza. Era estranho. Passaram pela praça Panamericana.

— Para onde devo seguir, senhora?

A garota-mulher refletiu um instante. Não tinha muita certeza se encontraria os parceiros da noite por lá, mas sabia para onde ir. Para falar a verdade, lhe parecia o único lugar onde queria ir no momento.

— Me leve ao Trianon. — murmurou a vampira.

— Certo. — respondeu o motorista, fitando pelo retrovisor a garota pálida no banco traseiro.

O motorista acionou algum dispositivo que fez um vidro escuro subir dando privacidade à passageira.

Patrícia espantou os pensamentos atormentados e ficou a admirar os pontos comerciais. Relaxou a musculatura. Cerca de quinze minutos depois o carro negro adentrava a avenida Paulista. Encostou em frente ao parque Trianon. Patrícia desceu do carro e caminhou em frente ao parque. Havia bastante movimento e muitos rapazes, mas nenhum do trio conhecido. Precisou rodear as grades de proteção e somente quando estava na alameda Santos encontrou a oportunidade segura de invadir o parque Trianon. O muro alto e a grade não foram obstáculos. Agilmente ela conseguiu escalar o muro de pedras e arremessar-se com força e graça para a vegetação dentro do parque. Aquela facilidade toda só existia porque Ignácio estava certo no que dizia. Nada era igual a sangue humano. A porção ingerida na noite anterior ainda lhe dava energia e expandia suas capacidades. Pensava nisso enquanto atravessava um pequeno bosque chegando a uma trilha que a levou de volta até a fonte deserta. Olhou para os lados sem ver nem ouvir ninguém. Andou até um *playground* ali perto e sentou-se num balanço. Sozinha era impossível não voltar a pensar e lembrar nos últimos dias. Nos derradeiros dias como uma humana normal e nos seus primeiros dias de vida maldita... se é que podia chamar aquilo de vida. Entregue a seus pensamentos passou-se meia hora até que Raul fosse o primeiro a surgir.

— Estava meio sem idéias e sem para onde ir. Ainda bem que você também estava.

Um sorriso natural brotou no rosto de Patrícia, surpresa e contente com a chegada do rapaz.

— Queria ver vocês. Essa parada de cair nas mãos de outro vampiro não está nada fácil. Por um lado, tenho medo de me envolver com Ignácio e por outro, tenho medo de não dar ouvidos ao que ele tem a nos ensinar. — disse a garota, levando o corpo suavemente para a frente e para trás no balanço, com os pés plantados no chão arenoso.

Raul caminhou de volta à fonte. Um vento forte mexeu com as folhas das árvores. Círculos concêntricos espalharam-se na superfície da água.

— E não é só isso. Uma questão de ser protegido ou não. — continuou o vampiro — Se aceitarmos ser aprendizes desse cara, teremos de trabalhar para ele. Lembra daquele papo? O turno da noite?

— Trabalharemos como assassinos... — lembrou Patrícia, deixando o *playground* e juntando-se a Raul ao redor da fonte.

— Ao menos teremos de liquidar bandidos. Precisamos tomar sangue mesmo, não tem jeito. — murmurou, como que proferindo uma sentença final e suspirando rapidamente.

Patrícia tirou os olhos da água e sorriu.

— Como é o seu apartamento? — quis saber, mudando um pouco o tom pesado na conversa.

Raul arqueou as sobrancelhas, como se fizesse pouco caso.

— É bem básico. Não tem muitos móveis, no entanto é espaçoso e muito bem localizado. Acho que aquele bairro é Vila Mariana. O velho vampiro tem bom gosto.

Patrícia deu uma volta completa na fonte. Enquanto isso Raul continuou:

— Tem piso de madeira. Minha mãe é que iria adorar.

Patrícia estacou, apertou os lábios. Raul a estava levando novamente para aquele campo perdido.

— Você falou com seus pais depois que... que...

— Que eu virei um morto-vivo? — Raul balançou a cabeça negativamente. — Não. Não falei com ninguém.

— Tem vergonha? Medo?

— Não. Nada disso e tudo isso... é estranho...

Patrícia riu.

— O que foi?

— Estranho?! O que tem de estranho em virar uma vampira, um vampiro?

— Cê tá de sacanagem, não é? Como você vai falar para os seus pais que virou um vampiro? Como vai conviver com eles?

Patrícia deu de ombros. Preferia ouvir o tom intrigado e debochado do amigo.

— Minha mãe é daquelas evangélicas fervorosas, sem chance. — continuou Raul. — Já tô me vendo chegando em casa. Opa! E aí, mãe? Tudo beleza? Daí ela pergunta: como é que você está, filhote? Eu respondo: Tudo jóia, mãe. Tudo jóia. Comprei um tênis muito louco... ah, a propósito, virei vampiro também. Até que não é ruim. E não precisa fazer essa cara de que tá vendo o capeta porque eu continuo eu. E juro que não vou te chupar o sangue.

Patrícia riu precisando sentar no murinho de pedra em torno da fonte.

— Eu já estou até me vendo, no café da noite, em família... — disse a garota assim que controlou o riso.

— Café da noite?

— É. Com esse lance de ter de se esconder do sol, pode esquecer café da manhã... então no café da noite, com todo mundo reunido na mesa eu viro pro meu pai e digo: pode me passar o bule de sangue, por favor?

— Sem chance... — retrucou o amigo vampiro, rindo junto com ela. — Não tem como voltar para casa. Não tem como.

— Sabe o que mais me assusta? — perguntou uma nova voz.

Os dois viraram-se e viram Bruno chegando.

— É esse barato de "realmente" ter de tomar sangue. Como vocês estão se sentindo hoje? Aposto que estão ótimos. Estou louco para encarar o primeiro vagabundo da lista do Ignácio. E é justamente isso que me dá medo. Medo de me aproximar de quem eu gosto.

— Como assim? Por que tem medo de se aproximar de quem você gosta?

— Você não está querendo tomar mais sangue, Patrícia?

A garota encarou Bruno sem responder.

— Pode até não querer admitir para si mesma, mas ontem você viu que o sangue humano é que nem uma droga. Nos faz melhor. Alivia aquela fogueira na barriga. Aquela irritação incontrolável. Nos tira daquele estado deplorável de fragilidade... Estou mentindo?

Tanto a garota quanto Raul aquiesceram com um movimento de cabeça. Não tinham como negar. Bruno dizia a verdade. Estavam presos àquela dieta aberrante para o resto de sua existência.

— Esses dias estava me virando com bicho... sangue de vaca... cara, não resolve a milésima parte! Achei na Internet um cara que vende sangue de boi. Nojento. Ruim pra danar e não é a mesma coisa. — Bruno fez uma pausa e encarou os dois. — Vou ser bem sincero com vocês, já estava quase pulando na garganta do primeiro que desse mole para mim. Ia sair para a *night* e ver se conseguia descolar uma mina na balada e pronto. Ia virar um escroto, igual aquele que Ignácio falou pra gente. Tão entendendo? Depois que começamos a desejar sangue, a gente perde a noção das coisas. Pode pular no pescoço de qualquer um quando bater essa sede maldita. Qualquer um. — frisou. — Não quero nunca estar perto dos meus pais, de pessoas queridas numa hora dessa. Deus me livre. E quando vai acontecer de novo? Por quanto tempo vai durar o sangue que tomamos ontem? Já estou menos satisfeito que ontem de noite. Pode ser que amanhã já tenha vontade de tomar mais sangue humano. Comprar sangue de boi?! Nunca mais! Tão entendendo o ponto? Sacaram? Eu sou um vampiro.

Os dois concordaram novamente.

— É. É por isso mesmo que nunca voltei até o apê dos meus pais. — resmungou Patrícia. — Tenho noção de que virei um monstro, um bicho dentuço. Oxalá que fosse uma Mônica... mas não, são dentes afiados, pra furar pescoço. Virar uma bandida igual aquele Rafael, igual ao Agnaldo era ou aquelas piranhas do Sétimo.

— Humm... você está falando da Aléxia e da Paola, não é não?

Patrícia concordou.

— A única coisa que eu tenho saudades daquele covil miserável é dessas duas. Como eram lindas! — suspirou Raul.

— Pode crer. — emendou Bruno.

O vampiro circulou a fonte e olhou para os dois amigos.

— Não sei da parte de vocês, mas eu estou dentro. — continuou Bruno. — Já que é para se perder nessa vida, que seja com todo estilo. Nossa sina é o sangue. Então vamos nos aliar a esse sabichão do Ignácio. Ao menos ele vai nos ensinar os truques para nos tornarmos vampiros melhores. Lembra o que ele disse dos outros vampiros?

— Lembro. Será que é verdade? Que existem outros vampiros?

— Você nunca ouviu as histórias, Raul? Nunca teve um caso esquisito no seu bairro? Gente que morreu misteriosamente, sem sangue? Eu já ouvi. Se têm tantos livros sobre vampiros, tantos filmes, alguma verdade existe por baixo disso tudo. Onde há fumaça, há fogo.

Raul sentou-se junto à fonte. Flexionou a perna e colocou o pé sobre a mureta, deixando o cotovelo apoiado no joelho. Estava vestindo uma calça escura e camiseta preta. Bruno ainda usava a camiseta amarela, agarrada ao peito largo e musculoso.

Pararam ao mesmo tempo quando o vento movimentava a copa das árvores. A noite estava bonita e agradável. A única coisa que estragava era o peso da decisão sobre as costas dos novatos.

— Reparam que paramos para ouvir o vento ao mesmo tempo? — perguntou Patrícia, ainda com o rosto levantado e os olhos dançando pelas copas das árvores.

— Pode crer. — respondeu Bruno, inalando fundo o cheiro da noite.

— São tantos aromas que vêm com esse vento. E o som das folhas se tocando... é fantástico. — juntou Raul.

— Tudo tem mistério. Tudo tem camadas. É como se tivéssemos atravessado uma porta mágica e estivéssemos num novo mundo dentro desse mesmo mundo.

— Nossa! A nossa amiga está filosófica hoje.

— Algo me diz que se estivermos aliados a Ignácio, estaremos protegidos. — argumentou Raul.

Passos. Viraram-se. O vampiro Alexandre também se juntava ao grupo.

— Senti um cheiro de vampiro vindo daqui. Resolvi averiguar. — brincou o rapaz.

Pela primeira vez, após a estranha e surpreendente oferta de Ignácio, estavam juntos. Sem dizer nada aproximaram-se e deram as mãos, formando um círculo. Um lampejo de sorriso surgiu no rosto dos jovens. Sabiam que a partir de agora, independentemente da decisão que tomassem, teriam ao menos um ao outro. Seriam um grupo. Um ajudaria o outro. Um defenderia o outro.

— Eu posso fazer isso. — disse Patrícia, quebrando o silêncio. — Se estiver com vocês, posso fazer isso. Cedo ou tarde precisaremos nos entregar à sede, que então seja acabando com canalhas como os que o vampiro falou.

— Eu também posso. — juntou Raul. — Se ficarmos juntos.

— Juntos poderemos aprender. — continuou Alexandre. — Aprender e até mesmo superar esse Ignácio, se for preciso.

— Eu vou cuidar de vocês, molecada, pode deixar. Vamos botar para arrebentar. — finalizou Bruno.

Os vampiros riram.

— Falou, papai. — brincou Alexandre, o rapaz de cabelos arrepiados.

Patrícia soltou-se dos rapazes. Estava feito. Mais rápido e mais simples do que ela tinha imaginado. Tinham tomado a decisão, não tinha como ela ou os outros recuarem um passo atrás de agora em diante. Seria como os três mosqueteiros, um por todos e todos por um.

Saíram juntos do parque, usando o mesmo expediente de Patrícia. Logo o quarteto descia a alameda Santos em sentido à Pamplona. Patrícia, feminina, ladeada pelos rapazes. Apesar da palidez mórbida presente nos elementos do quarteto, o sangue do dia anterior havia conferido mais beleza à pele e à aparência geral, eliminando as covas ao redor dos globos oculares e dando mais brilho aos olhos. Os quatro juntos passariam a ser uma ameaça, eram jovens, bonitos e perigosos.

CAPÍTULO 4

Ele já conhecia os dois lados e, de verdade, pouco se importava com esse troço de linha, de bondade e de maldade. Não recebera um convite formal para o baile. Não usava *smoking*. Tudo tinha virado de ponta-cabeça e a saudade pungente que martelava seu peito era combatida com aventuras noturnas e ocupação mental. Não queria pensar no passado e nem lembrar do rosto de Vera quando beijava outra mulher. Vera não servia para seus lábios. Jogava o jogo. Curtia o barato. Em sua cabeça não existe esse negócio de que se fizer assim é coisa de bonzinho e se fizer assado é coisa de demônio. Para ele importa é fazer o que quer. Já fazia alguns anos que trilhava aquela vida maldita. Já tinha aprendido um truque ou outro. Já tinha trombado com vampiro novo e vampiro velho. Sabia que não era o único da espécie e que não estava sozinho daquele lado do manto.

Seu rosto fino e de traços bem definidos, eternizado aos trinta e dois anos, mantinha-se o mesmo desde que despertara no hospital. Despertara mudado, transtornado, sem manual, sem pai ou mãe, sem explicação alguma. O único que surgira para lhe falar fora um demônio vindo do inferno. Tinha mexido com sua cabeça. Tinha manipulado seus pensamentos. Tinha lhe usado feito lenço descartável. E ele tinha odiado aquilo. Cara! Como detestava ser usado, ser feito de marionete. Por conta desse ódio brutal tinha feito um único inimigo. Mais um que tinha chegado com fala mansa, tal e qual o demônio de uns anos atrás. O demônio ainda tinha jeito e cara de capeta e não estava se fazendo de bom moço. Já o segundo era pior que o capeta, mas tinha aquela pose de sujeitinho bacana que quer te dar um abraço, estender a mão. Uma armadilha ambulante.

O vampiro bufou repassando as lembranças. Um único inimigo e nada mais.

Tinha tirado o cara da cabeça por conta dos últimos eventos. Estava acompanhando tudo pelos jornais e televisão. Tinha dado a louca no mundo. No mundo, não. Tinha dado a louca no Brasil. Uns diziam que a bruxa estava solta. Ele sabia que não era nada disso. Chegou a pensar que pudesse ser outra guerra daquelas que viu em Belo Verde. Um furacão que às vezes acontecia bem debaixo do nariz dos mortais sem que a maioria tivesse ciência do que ocorria ao seu redor. Ele não tivera a chance de ser um tontão insensível. Fora pego na unha por um cão capeta e tinha virado aquilo. Um sem-alma. Um não-morto. Um recusado nos portões da morte, um que aguardaria indeterminadamente a chance de viver sua Aventura.

O vampiro sentou-se mais para a beirada. Os pés batiam nas paredes externas do edifício. O vento passava ligeiro agitando seus cabelos. Suas roupas negras deixavam-no mimetizado em meio ao céu escuro. Mesmo estando no telhado do prédio, no trigésimo quinto andar, conseguia enxergar bem o calçamento público há mais de oitenta metros de altura. Também não tinha medo de uma rajada mais forte derrubá-lo da beiradinha. Sua cabeça não se preocupava com isso. Um sorriso fino enfeitava sua boca. Ele tentava entender tudo o que se passava. E sabia que como ele alguns de sua espécie estavam curiosos acerca daquele acontecimento. Daí lembrar tantas vezes do cara pentelho. Tinha certeza de que ele sabia exatamente o que estava se passando. Os telejornais lançavam uma matéria atrás da outra feito metralhadora cuspindo balas. Falavam de vampiros. Falavam de gente morta e sem sangue. Falavam de alienígenas. Falavam de tudo tentando encontrar a verdade por trás daquela cadeia de fatos fantásticos. Neve em Osasco. Sepulturas, às centenas, violadas. Tinha até decorado o nome dos cemitérios. Dois. Também em Osasco. Cemitério de Santo Antônio e Cemitério da Bela Vista. Estava enjoado de ver a frente dos campos santos estampadas nas chamadas dos noticiários. Diziam que até do necrotério tinham levado mortos embora. Não tinha sido um arrastão. Não. A coisa era mais complicada. Testemunhas chorando, gente se cagando de chorar era exibida nos canais de TV. Uns diziam e juravam por tudo que era sagrado que tinham visto mortos saindo pela frente do cemitério. Ninguém confirmava nada. As autoridades tinham entrado num mutismo delator. Mas o lance era que também ninguém tinha filmado morto nenhum capengando pelas ruas. O fato é que muitos corpos tinham simplesmente evaporado. Um médico de pronto-socorro, que não permitia ser identificado, tinha dado uma entrevista e sua voz alterada era repetida umas quatro vezes por dia nos telejornais. Ele dizia que um homem tinha ressuscitado. Um negócio meio de Lázaro, o paciente estava mortinho da silva e de repente, puf! estava acocorado no chão da sala de atendimento, com os olhos esbugalhados e vivinho da silva. O médico repetia, e a edição repetia mais setenta vezes, o trecho de entrevista: "eu pensei que tinha me equivocado, mas quando coloquei o estetoscópio no peito dele, Deus do céu, o coração não batia! Não tinha pulso, nada! Estava morto do ponto de vista clínico, mas estava lá, agachadinho, vivo, assustado".

É claro que depois dessa entrevista ninguém mais achou o médico para desmentir ou confirmar. E ficava esse disse-que-disse em todos os canais. Tinha aparecido gente dizendo que tinha visto lobisomem. Não demorou para o pessoal da sátira aparecer com historinhas de sacis e mulas-sem-cabeça.

O que deixava o vampiro intrigado era aquela história que tinha começado no Rio Grande do Sul, com a coisa da caravela descoberta no fundo das águas. Diziam que tinham tirado sete corpos do fundo do mar. A história estava vazando por todos os lados. Diziam que um dos despertos podia fazer chover, o outro fazia nevar e mais outro acordava os mortos. Era uma profusão de boatos. Para ele não restavam dúvidas de que os sete existiam. Mas esse treco de fazer nevar... de despertar os mortos... isso era novidade. Queria entender direito essa história. Outro dia as TVs e *sites* da Internet exibiam o rio Pinheiros congelado na altura do *shopping* Eldorado. Aquilo era magnífico. Ele nem conseguia entrar numa casa sem ser convidado e outro podia fazer aquilo. Como? Como? Sua cabeça pegava fogo.

O vampiro levantou-se e saltou para baixo. Seu corpo desceu, despencando no ar, aumentando de velocidade. De repente a queda parou. O vampiro tinha alcançado uma saliência no prédio, uma mureta que guarnecia algumas sacadas mais destacadas do vigésimo andar para baixo. Rodou o corpo voltando a ficar de pé e na altura do décimo quinto andar parou na sacada, com leveza impressionante. Olhou para dentro do apartamento. As portas corrediças de vidro estavam abertas. Tudo certo, como planejara. Aquela casa não era selada para ele. Seu jogo de sedução fizera os lábios da mulher pedir sua vinda, fazer o convite. Era como se um muro invisível se dissolvesse. O vampiro colocou o pé para dentro. Vagou pela sala escura e vazia. Atravessou o corredor chegando ao quarto principal. Empurrou suavemente a porta. Seus olhos brilharam quando a viu deitada na cama. *Lingerie*. Corpo exuberante. Cabelos negros longos. Ele caminhou sem nem mesmo que o ar se desse conta. Estendeu suas mãos brancas na direção da mulher. Seus dedos tocaram sua perna com leveza. Depois deixou a palma inteira acariciar a coxa da mulher. Deitou o corpo para a frente e beijou o pescoço da vítima. A mulher, sem agito nem susto, despertou e abriu os olhos. Fitou demoradamente o homem pálido ao seu lado. Seus lábios separaram-se sensuais. A mulher sorriu. Abraçou o vampiro sem saber que era esse seu último abraço. Chamou seu nome sem saber que era a última vez que falava.

— Samuel.

O vampiro debruçou-se novamente sobre a mulher. Dessa vez suas mãos não eram mais suaves nem carinhosas. Agora seus músculos estavam tensos e determinados. A boca se abriu e os dentes pronunciados encontraram a pele da vítima. As presas cravaram firmes e indefectíveis. Samuel não se importou com os gemidos de dor. Samuel não se importou com o sacolejar da mulher. Samuel não se importou com nada.

CAPÍTULO 5

Como ainda contavam com os motoristas à disposição, decidiram mudar o local de encontro para a noite seguinte, no horário marcado, os carros negros encostaram no estacionamento de um *shopping* da avenida Faria Lima. Na véspera cogitaram até em dormir todos juntos num só apartamento, levando a sério a idéia de manterem-se unidos. Contudo, decidiu-se por cada qual ocupar seu respectivo apartamento prevendo um possível contato do veterano Ignácio, que poderia surgir sem prévio aviso para um visita. Estavam agora andando entre lojas, decididos a começar a usufruir da polpuda conta corrente providenciada pelo vampiro. Iriam primeiro aos celulares para que o contato entre os componentes do quarteto noturno fosse instantâneo. Habilitaram os aparelhos imediatamente e cerca de meia hora depois de terem adentrado o *shopping center* cada um já possuía um número funcionando.

Tinham tomado a decisão de integrar a agência de Ignácio e agora estavam ansiosos por um novo encontro com o veterano. Bruno pediu que os amigos aguardassem enquanto providenciava o encontro. A ordem do colega pegou o trio despreparado. Sem entender bem, esperaram o amigo dando uma volta pela praça de alimentação. Os odores da refeição humana já não chamava tanto a atenção. Os logotipos dos conhecidos restaurantes já não abriam apetite, em compensação, as jugulares pulsantes dos recepcionistas e atendentes eram demasiadamente interessantes, prendendo vez ou outra os olhos do trio.

Dez minutos depois, Bruno apareceu. Trazia um sorriso enfeitando o rosto branco e um pequeno papel na mão.

— Conseguiu o telefone do filho da mãe!

— Como?! — espantou-se Patrícia

— O motorista do meu carro. Parecia que ele já estava esperando por isso.

— Bem pensado! Quem vai ligar?

Bruno foi quem discou o código anotado no papel. Era um número fácil de memorizar. Do aparelho chamou uma única vez e caiu no correio de voz. Bruno, meio desajeitado em falar com a máquina, deixou um rápido recado. Assim que desligou o celular, antes de colocá-lo no bolso da calça, o *display* acendeu e o aparelho tocou, exibindo o número de Ignácio no colorido visor de cristal líquido.

Os quatro sorriram juntos.

Bruno apertou o botão verde e levou o aparelho ao ouvido.

— Fala, Ignácio.

— Bruno?

— Eu mesmo.

— Imagino que chegaram a um consenso.

— Chegamos. Queremos um encontro com você para darmos nossa resposta.

— Tudo bem. Eu encontro vocês. — disse Ignácio interrompendo imediatamente a ligação.

Bruno olhou para o celular estranhando o desligamento súbito.

— Ele nem perguntou onde estávamos!

— Acho que ele não precisa saber. Ele descobre. — comentou Raul junto com uma rápida risada. — O cara é um vampiro das antigas, meio bruxo. — emendando uma risada empostada dessa vez, lembrando os vilões de filme de terror.

Patrícia, tendo um pressentimento ruim ligado às palavras da brincadeira do amigo nem teve tempo de intervir.

— Não preciso do fornecimento de pistas mesmo. O amigo Raul acertou direitinho. Sou um bruxo das antigas, um bruxo das informações.

Os três olharam sobre o ombro de Bruno assim que ouviram a voz calma e pausada do vampiro veterano.

Ignácio aproximou-se com um sorriso malicioso nos lábios.

— Sei cuidar bem do meu investimento. O treinamento de vocês não será barato. Não posso deixá-los zanzando por aí ao bel-prazer.

— Por que tanto interesse em nos manter com você? Por que tantos gastos? Você quer nos ensinar... não somos nós quem deveríamos pagar? — disparou Patrícia, ininterrupta como uma rajada de metralhadora.

Ignácio levantou as palmas das mãos pedindo calma.

— Um amigo meu, conhecido como Francisco, costumava orar aos menos afortunados e no meio da oração sempre dizia: "Si é dando, che si riceve". Essa máxima é meu guia. Quero tratar-lhes o melhor possível para que eu receba o mesmo tratamento. Vampiros novatos não costumam ter muito dinheiro para operações ousadas, ainda mais quando se trata de novatos adolescentes.

— Tá, compreendemos seus princípios de cortesia, mas por que quer a gente? O que temos de especial? — insistiu Alexandre, o vampiro de cabelos loiros.

— De especial? Não muita coisa. Olhem ao redor. Quantos vampiros novatos vocês viram nos últimos dias? Vampiros novatos têm algo que os velhos não têm: inocência.

— E ignorância... — completou Patrícia.

Ignácio manteve o sorriso malicioso e encarou a garota pálida por alguns segundos, olhando-a da cabeça aos pés. Aquela ali era espirituosa.

— E ignorância. — repetiu finalmente o veterano. — Bem, aos poucos vocês entenderão por que são valiosos. Só espero que não peçam aumento no primeiro semestre.

— Isso vai depender do sindicato. — brincou Alexandre. — Vampiros têm um sindicato, não têm?

— Têm. — revelou Ignácio.

Os novatos riram, novamente descontraídos.

— Qual é a novidade? A razão do chamado?

— Como disse, chegamos a uma decisão.

— Deixe-me adivinhar: adoraram os apartamentos, gostaram dos dígitos interessantes creditados nas contas-correntes, apeteceram-se do sangue experimentado e sentiram um friozinho na barriga ao se imaginarem debruçados sobre as jugulares dos malfeitores que figuram em minha lista macabra, estão com medo dos outros vampiros mais experientes e alérgicos a novatos e, por fim, estão interessados em aprender a ser os vampiros mais filhos da mãe do pedaço... somando tudo isso decidiram se unir à agência.

— Sim. Vamos nos unir a você.

— Mas isso não tem nada a ver com o dinheiro, Ignácio. — reparou a vampira. — Tem a ver com os últimos itens... medo dos vampiros veteranos e vontade de aprender a viver essa vida maldita com alguma dignidade.

— Ah! Uma vampira de princípios... — brincou Ignácio. — Bem, já que temos uma posição, mãos à obra. A noite ainda é uma criança.

Os cinco vampiros se reuniram no apartamento de Patrícia. Raul e Alexandre admiravam a excelente vista que a amiga tinha do parque Villa Lobos, sabendo imediatamente que ela gozava do maior e melhor localizado apartamento do grupo de iniciantes. Ignácio foi o último a subir. Sempre que o vampiro se aproximava do grupo os humores mudavam, era como se o vampiro possuísse algum dom psíquico que os fizesse sentir-se seguros e calmos em sua presença. Sempre que o vampiro deixava o grupo era como se um véu descobrisse seus pensamentos e as incertezas e questionamentos voltavam rapidamente, coisas que queriam ter dito não eram ditas, perguntas que queriam fazer passavam batidas, o que causava em alguns deles uma visível sensação de desconforto, era como ser passageiro involuntário numa montanha-russa de sensações.

— Bem, como minha parte do trato, aqui está: *A Cartilha da Escuridão*. — disse Ignácio, com costumeira voz calma. — Tudo o que precisam saber sobre vampiros está nesse pequeno livreto escrito por mim. Coisas que vi, que vivi. Conselhos, cautelas, fisiologia. Não obstante, o mais curioso é que nem todos vampiros são iguais. Perceberão isso rápido agora que se afastaram de Sétimo e de toda aquela agitação hollywoodiana. Vão notar que os grupos tendem a se igualar, mas quando surgem originais, podem trazer características diferentes encontradas nos demais vampiros... com todos esses anos de existência para a escuridão nunca consegui encontrar uma lógica, uma explicação definitiva ou um molde vampírico permanente. Somos assim, inconstantes, volúveis, infantis, na grande maioria inseguros e mimados... logo, somos as criaturas mais perigosas da face da terra.

Os vampiros olharam para os livretos negros. Não chegava a ser volumoso, mas devido às letras pequenas que percorriam as páginas, notaram que existia bastante informação ali.

— De agora em diante, toda dúvida, todo receio, todo conselho que precisarem, abram o livro. *A Cartilha da Escuridão*, se não explica tudo, explica quase tudo... e se encontrarem um vampiro, uma situação que não esteja na cartilha, tenham medo.

Ignácio andou com as palmas das mãos juntas, como se se preparasse para fazer uma prece. Caminhou silencioso pela sala até voltar a falar.

— Minha parte foi completada, agora vocês devem cumprir a de vocês, de agora em diante serão treinados para ser meus assassinos.

Os quatro se entreolharam indignados.

— Cê tá de sacanagem com a gente? — perguntou Bruno.

— Como assim, Bruno? Não foi esse o trato que propus? Daria a vocês os ensinamentos, os segredos de ser um bom vampiro?

— Com uma simples cartilha *Caminho Suave*?! Você está nos enganando! Tirando sarro da nossa cara. — bradou Patrícia.

A vampira sentia-se passada para trás, ludibriada. Queria gritar mais. Armar o maior barraco. Aquilo não estava certo! Tornar-se-ia uma sanguessuga em troca do quê? Uma cartilha do Bento Carneiro?! Ia retomar o ataque verbal, contudo, quando seus olhos bateram nos olhos do vampiro Ignácio, toda a raiva pareceu desvanecer, evaporar. Como eram belos aqueles olhos. Um brilho vermelho rápido escapou das pupilas, depois os olhos do vampiro voltaram à cor de mel. Patrícia sentiu um frio no peito. A raiva passou. Seu peito amansou. Sabia que Ignácio estava sendo honesto. Que o vampiro não queria enganar ninguém ali. Ele estava sendo gentil, estendendo a mão e eles, doentes e inexperientes, só pensavam em atacá-lo. A jovem vampira chegou a sentir vergonha de si mesma, baixando os olhos e calando-se.

— Patrícia... Patrícia. Não grite com os mais velhos. Nós devemos nos respeitar mutuamente. Somos do mesmo tipo. Somos da mesma carne. De mais a mais, odeio escândalos... se fosse em público então, aí sim, me veria levemente... magoado. — respondeu, Ignácio, reticente, escolhendo as palavras, controlando a situação. — Vocês estão interpretando mal. Estão menosprezando meu conhecimento. Reuni, nessas poucas páginas, muito. Vocês têm em mãos a essência que deve preencher um bom vampiro. Um resumo de erros e acertos acumulados em mais de quinhentos anos de anotações. Leiam, crianças, leiam. A literatura é o melhor caminho para o conhecimento e autodescobrimento. O que mais querem? Um *show* de mágicas?

Que eu caminhe sobre as águas? — ao perguntar isso, Ignácio desapareceu e reapareceu em fração de segundos diante de seus olhos. — Não sou o David Copperfield, sou um vampiro, não um palhaço. Uma das lições que ensino é não usar seus poderes à toa, nunca se sabe quando precisará usar toda sua fúria, todo seu poder para empreender uma escapada, combater um inimigo... e essas necessidades existem e se mostrarão a vocês à medida que se tornarem melhores, mais vistosos, cercarem-se de desafetos. Vampiros medíocres não atraem predadores perigosos, no entanto, vampiros poderosos são alvos de vampiros espertos, invejosos e medrosos. Não queiram estar perto de um vampiro com medo, queridos. Muitas vezes um vampiro é um nada, não passa de uma sombra espreitando.

Patrícia suspirou. Odiava aquela sensação de estar sendo mentalmente controlada. Sentou-se no sofá de couro sem entender direito o que acontecia em sua cabeça; segundos atrás estava à beira de uma explosão raivosa e agora se sentia impotente contra o vampiro. Suas palavras entravam em sua cabeça e faziam todo o sentido. Era tudo sensato. Tudo certo. A despeito de seu instinto alerta, sua mente ponderava, racionalizava. Ignácio é um aliado. Ignácio está aqui para ajudar. Ignácio é amigo. Ignácio é bom. Era estranho repudiá-lo. Era estranho não obedecê-lo. Ignácio não faria mal algum contra ela e seus amigos. Era inócuo. A vampira respirou fundo tentando controlar seus pensamentos. Assim que ele deixasse o apartamento, procuraria uma explicação para tão divergente sensação nas páginas da cartilha noturna.

— Nós esperávamos que você nos mostrasse como as coisas funcionam. Que sentasse conosco e falasse sobre como sermos vampiros tão bons como você... uma cartilha, entregue dessa forma, é decepcionante. — reclamou Raul.

— Revendo mentalmente a ficha de cada um de vocês, entendo esse desapontamento com o livro.

— O que você quer dizer?

— Todos gostam de música, de cinema, de paquera, de barzinhos... mas nenhum tem como passatempo predileto a leitura. É isso que está faltando a vocês jovens. São impacientes! Leiam e sorvam sabedoria das páginas que entreguei. Conseguem fazer isso com qualquer livro, sabiam? Por pior que seja a literatura, ao menos irá exercitar seu poder de contextualização, interpretação, quiçá reflexão. Oxalá que todos os jovens fossem bons leitores.

Os jovens se entreolharam. Pareciam tomar sermão numa sala de aula ou de um vovô num domingo de sol. Patrícia quase protestou novamente. Adorava leitura. Era uma estudante aplicada. Passava horas e horas devorando literatura técnica.

— Mas você precisa ler outras coisas também, menina. Precisa ler romances. A literatura da Língua Portuguesa é farta e abençoada. *Dom Casmurro, O Primo Basílio, Inferno*... autores criativos, hilariantes. Não se afunde pura e simplesmente em livros que dissecam cães e gatos... no entanto, reconheço que já é alguma coisa. É um bom começo... um bom começo.

Ignácio andava para lá e para cá. Seus olhos cor de mel pairavam sobre os novatos. Ele juntava as mãos à frente da boca repetidas vezes. Andava ereto, com um ar nobre e aristocrático.

Patrícia, surpresa e contrariada com a última fala do vampiro, acendeu os olhos e grunhiu.

— Pare de ler minha mente, vampiro!

Ignácio fez um movimento com a mão com o qual Patrícia foi arremessada sobre o sofá.

— Minha nossa! — bradou Alexandre, surpreso.

Raul e Bruno acenderam seus olhos também. Patrícia recolocava-se de pé.

— Parem. — ordenou a voz serena do veterano.

Os olhos se apagaram imediatamente. Era como se tivessem perdido a vontade.

— Vocês ainda não estão prontos para isso. Leiam o livro e aprendam alguma coisa. Não temos tempo para brincadeiras. Amanhã será o primeiro trabalho. Quero que estejam preparados. Não quero nenhum de vocês com um ferimento sério. Estejam perfeitos.

Os vampiros trocaram um olhar. Quando voltaram os olhos para Ignácio, ele tinha desaparecido.

A cortina de acesso à sacada esvoaçava.

Raul correu até à sacada a tempo de ver o homem de roupas negras correndo para a rua como uma sombra. Como se movia rápido!

Não estavam surpresos. Já tinham visto os vampiros no covil de Sétimo fazer coisa semelhante. Moviam-se rápido, transformando-se em sombra, mas desaparecer diante dos olhos vampíricos, isso era novidade. Ignácio era um vampiro poderoso... poderoso e igualmente perigoso.

CAPÍTULO 6

O Comodoro negro estacionou em frente ao cemitério. Dimitri des-ceu, sendo secundado por Tobia. Os dois caminharam em direção ao campo santo, ignorando os assobios e gritos do guardador de carro que berrava por uma moeda.

A frente do cemitério estava apinhada de gente. Fazia cinco dias que as grades tinham sido traçadas e que a prefeitura colocara a guarda municipal para vigiar os muros e evitar mais invasores.

Os telejornais e *sites* da Internet reportavam aquilo a todo instante. Pessoas alvoroçadas corriam para os cemitérios de Osasco. Testemunhas de todos os cantos afirmavam que tinham visto mortos saindo das covas. Diziam ter encontrado mortos-vivos perambulando pelas ruas da cidade. Outros diziam que eles apareciam em marcha organizada e que todos tinham rumado para o quartel de Quitaúna. Daí o Exército também estar metido naquele falatório. Um relações-públicas dos homens de verde-oliva afirmava categoricamente que não existiam mortos-vivos. Que haviam, sim, prendido dezenas de pessoas que tentaram invadir o quartel poucos dias atrás. Que tentaram fazer uma invasão em massa para roubar o paiol do quartel, mas que a situação tinha sido controlada a tempo.

Dimitri e Tobia assistiram ao jornal da tarde rindo no balcão de uma padaria. Eles sabiam que o Exército estava se esquivando das perguntas e dos comentários ácidos apenas para evitar um pânico geral que se abatia sobre a população. Não queriam contar a verdade. Que eles tinham, sim, aprisionado um bando de mortos-vivos e que Osasco tinha sido o maior palco do maior ataque vampírico do planeta na atualidade.

— Quero ver até quando eles vão conseguir esconder isso aí. — comentou Tobia.

Dimitri acendia outro cigarro, deu uma tragada enquanto respondia:

— Não vai durar muito. O falatório é geral.

— Apesar de termos visto um monte deles queimando no sol na frente de Quitaúna, tenho certeza de que sobraram alguns dessa cria ruim.

— A ninhada de Sétimo...

— O vaso ruim quebrou dessa vez, mas tem muito caquinho por aí. E eu vou achar um por um.

Dimitri sorriu para o amigo enquanto soltava a fumaça no ar.

— Gostei da metáfora, ô sabichão. Só quero ver até quando esses caquinhos vão dar trégua.

— Essas criaturas não dão trégua, Dimitri. Precisam de sangue pra viver. Eles vão pisar na bola, cedo ou tarde.

Dez minutos depois a dupla voltou para o carro negro de Dimitri e rumaram para o centro. Tinham encomendado mais munição. Balas de prata. Quando cruzassem com os caquinhos de Sétimo, não dariam chance para as crias do vampiro.

CAPÍTULO 7

Fazia poucos dias que a saga de Sétimo na Terra tinha chegado ao fim. A passagem meteórica dos sete vampiros do Rio D'Ouro tinha deixado para trás códigos não decifrados, marcas e sortilégios como partículas do rabo de um cometa infernal. Parte desse rastro eram os seis vampiros com a capacidade de se metamorfosearem em lupinos. Eram os filhos de dom Afonso, o vampiro conhecido pela alcunha de Lobo. Em geral os filhos de Afonso, após a transformação de mortais a seres das trevas, guardavam algumas semelhanças bem particulares. Eram silenciosos e reservados mesmo quando estavam presentes apenas membros da alcatéia. Não eram, via de regra, sujeitos exibidos, que faziam uso dos poderes da noite para chamar a atenção. Os lobos eram sorrateiros. Preferiam se mover à sombra das coisas, passarem despercebidos até que o inevitável acontecesse. A primeira noite de lua cheia do ciclo viria e nessa noite, querendo ou não, exerciam a forma de fera, se transformavam, perderiam as faculdades e seriam bichos com dentes afiados e famintos e sedentos por carne e sangue, chamariam, e muito, a atenção. Essa era a sina e a maldição que carregavam os filhos de Lobo.

Leonardo, o líder da alcatéia, o sucessor de Lobo, tinha ordenado aos membros do bando que se resguardassem e se escondessem naqueles primeiros dias após auxiliarem Tiago na luta final contra Sétimo. Mas a primeira noite de lua cheia não tardaria e seu bando de meia dúzia de membros transformar-se-ia em bestas irracionais e delatariam sua posição aos caçadores. Sobrevivência era uma corrida contra o relógio.

Com o tique-taque inevitável, Leonardo empurrava sua matilha para onde pudessem comer e se esconder rapidamente. Conversavam agora acerca do próximo e cauteloso passo que tinham de tomar.

— Acho a hora oportuna para nos afastarmos de Osasco, aproveitarmos que as atenções do Exército e da mídia estão voltadas para o assunto dos mortos-vivos presos naquele quartel. — disse o chefe. — Vamos para o interior do Estado, procurar um lugar onde possamos nos esconder por uns tempos e que a comida não esteja tão distante.

— Concordo e não concordo. — retrucou Marcos, um rapaz capturado para a vida maldita aos dezessete anos de idade.

— Explica melhor, Marcos. — juntou Yuli, uma garota que tinha dezesseis.

Marcos olhou firme para todos os membros que aguardavam em silêncio sua explicação. Yuli, com seus doces olhos orientais, balançava a cabeça procurando encorajar o namorado.

— Acho que devíamos ir direto para o sul.

— Sem chances. Aposto que as estradas estão sendo vigiadas. — rebateu o líder.

— A troco de quê?

— Esqueceu que essa epopéia toda começou no sul, guri?

— Bá, mas não tem como o Exército estar em todo lugar o tempo todo.

— Eles não estarão em todo lugar, Marcos, estarão onde estivemos. Lobo me pegou em Roda Velha. Tiago e Eliana disseram que isso tudo começou em Amarração. É só somar dois com dois.

— Nós fomos pegos com o babaca do Hélio na Lagoa dos Patos. — emendou Anelise, outra das vampiras.

Leonardo aquiesceu e completou:

— Nossa folga não vai durar. Nunca mais poderemos voltar ao sul como antes. Vocês acham que o Exército vai conseguir manter esse assunto todo na surdina? Duvido.

— Onde você quer chegar com a conversa? — inquiriu Mari, uma garota na casa dos vinte anos, que teve o namorado capturado pelo Exército na noite do confronto na clareira.

— Quero chegar no seguinte ponto; logo a população toda vai estar em pânico, procurando vampiros e lobisomens; vão nos vigiar, nosso rosto pálido não passará despercebido por muito mais tempo. Em breve nosso destino será a eterna fuga. Viveremos escondidos nos cantos escuros feito baratas. Por isso temos de nos afastar, por hora, de Osasco e do sul. Nesses lugares a caçada do Exército já começou, vocês bem viram. Hélio e os outros foram levados por soldados que sabiam o que estavam fazendo.

Marcos e Yuli ficaram calados. Apesar de não discutirem, nao concordavam com os argumentos de Leonardo. Tinham saudades de casa, da família e da vida pregressa. Não queriam ficar naquela terra estranha. Queriam voltar para o Rio Grande.

Leonardo também estava calado. Não sabia por que, mas toda vez que pensava em Hélio sua cabeça latejava, incomodava. Era como se o fantasma do lobisomem rondasse seus pensamentos.

CAPÍTULO 8

Tico procurou o amigo com os olhos. Já era hora do almoço e só agora se dava conta de que Celso não tinha vindo trabalhar. Achou que ele estivesse trabalhando no salão de troca de óleo, mas a turma de lá não o tinha visto. Tico largou os sarrafos que carregava e foi ter com Zetti, o empreiteiro, que trabalhava no esmeril.

— Ô Zetti, tá sabendo por que o Celso não veio?

O homem que estava de capacete e óculos de proteção na frente do aparelho continuou trabalhando. O barulho era ensurdecedor. Zetti estava concentrado em afiar o corte de alguns enxadões. Os homens teriam de aumentar uma vala que corria ao fundo do posto de gasolina para a coleta da água pluvial.

Tico, impaciente, cutucou as costas do chefe.

— Ô Zetti! — gritou.

O homem virou um instante tirando um dos protetores auriculares, mas sem parar com a tarefa e visivelmente aborrecido com o cutucão do auxiliar.

— Fala, homem.

— Tô perguntando do Celso! Você sabe por que ele não veio? — perguntou aos berros.

— Dentista. Foi ao dentista. — gritou de volta.

Sem dar mais atenção, Zetti voltou ao fio do enxadão, encostando o ferro no esmeril e fazendo uma cascata de fagulhas encher o ar.

Tico deu de ombros estranhando um pouco. O Celso não tinha falado de dor de dente nenhuma. Deu um sorriso e balançou a cabeça enquanto punha novamente o capacete. Talvez fosse invenção do amigo para descolar um atestado e ganhar um dia de moleza.

O fato é que ao final da tarde Tico se pegou novamente pensando no colega de trabalho. Tinham combinado tanto de ir aquela noite ao forró Esperança. Pelo menos uma ligação o desgramado tinha de dar. Tico tinha tentado duas vezes o celular de Celso e nada. Estava distraído, mordendo seu pão e tomando um gole de café quando viu Nelson chegando ao trabalho. Olhou para o relógio de pulso. Já era cinco e meia. Cara folgado. Já estavam no final do expediente e agora é que dava as caras. Aborrecido, Tico sorveu mais um gole do café quente. A pausa do café tinha sido mais tarde, era só comer e ir para o chuveiro. Ficou olhando para a avenida dos Autonomistas. O quartel de Quitaúna bem ali ao lado. Diziam que estava cheio de zumbi lá dentro. Que aquele rebuliço dos mortos-vivos era a mais pura verdade e que bem uns cem deles estavam trancafiados num daqueles galpões. Passou a olhar para os ônibus da Viação Osasco que enfileiravam-se diante do farol vermelho. Os intermunicipais seguiam em frente, rumo à divisa com Carapicuíba que estava a coisa de quatrocentos metros dali. Alguns dobravam no farol do outro lado da rua e rumavam em direção ao bairro Cidade das Flores. Tico voltou a olhar para os amigos no posto de gasolina. O Nelson estava falando com o empreiteiro Zetti. Mostrava um papel em branco e volta e meia passava a mão na bochecha inchada. Foi nessa hora que sentiu um frio na espinha. O Zetti tinha se enganado com os nomes por causa do barulho do esmeril. Só podia ser isso. Era o Nelson que tinha ido ao dentista, não o Celso. Tico levantou-se aturdido. Tirou o diminuto celular do bolso e ligou de novo. Estava no mesmo lugar onde estivera com Celso na tarde anterior. O celular chamava e chamava e Celso não atendia. Os ônibus na avenida deram um tempo com o barulho assim que se afastaram do semáforo. Tico engoliu em seco olhando para o imenso reservatório de gasolina, com a escotilha de alimentação aberta. Sentiu outro frio na espinha ao ver que a ponta da escada de madeira usada por Celso ainda estava lá, dando acesso ao interior do gigantesco tanque. Tico foi se aproximando pé ante pé. O celular do amigo caiu na caixa postal, sem resposta humana. Tico apertou o botão para rediscar. Novamente chamando. Chegou perto da boca aberta do reservatório. Via os primeiros degraus da escada. Agora o frio percorreu seu corpo inteiro. Não era possível. Ele ouvia. Podia ouvir bem baixinho. A musiquinha idiota que o amigo tinha escolhido para a campainha do celular. Ela tocava, no fundo escuro do reservatório. Tico começou a tremer. Não podia ter acontecido o que imaginava. Respirou fundo e olhou para o posto em reforma, todo mundo voltando para a mesa do café, devolvendo as canecas, risadas altas. Alguns tomando rumo do vestiário. Dois amigos carregavam carrinhos de mão cheios de massa. Ninguém prestava atenção nele. Tico olhou pela abertura. Passava pouca luz uma vez que o sol descia rápido para o poente. Via o celular lá no fundo. Ouvia a música besta. Celso não podia estar ali. Tinha derrubado o celular e era só isso. Certamente estava tão avoado e preocupado com a fotografia da namorada que nem percebeu o aparelho caindo do suporte. Ele era distraído. Se era isso, por que ainda tremia tanto? Talvez por causa do amigo não ter dado as caras no trabalho. Tico respirou fundo. Era cabra de resolver, não de tremer. Olhou de novo para os amigos. Não ia chamar ninguém. Ajeitou-se na abertura e começou a descer a escada.

Tremendo feito vara verde, chegou ao fundo. Tinha horror a lugares fechados e escuros. Não gostava de ficar sozinho. Só vai para salão fechado quando está cheio de gente. Venceu o último degrau e pisou no chão abaulado do reservatório. Abaixou-se e pegou o celular. Um odor insuportável. Cheiro de bicho confinado, cheiro de cachorro suado. Estava tão escuro fora do halo de luz que não ousou dar um passo rumo ao fundo. Se, por acidente, Celso tivesse caído ali no reservatório não iria se esconder no fundo escuro. O tanque estava vazio, menos mau. Virava-se para sair quando ouviu um arrastar no assoalho... seguido de um barulho tão sinistro que o petrificou na posição.

Tico, sem tirar as mãos da escada, olhava para o fundo do reservatório quando a tremedeira voltou.

— Celso? É você parceiro?

Nenhuma resposta.

Tico sentiu a garganta seca. Pigarreou para conseguir falar novamente.

— Celso? É você? Fala logo.

A resposta veio dessa vez. Mas não foi um barulho. Foi algo bizarro e inesperado. Quatro pontos de luminescência no fundo escuro do reservatório.

Tico acurou a visão. Que droga era aquela? Pareciam brasas, bitucas de cigarro acendendo do nada. Não queria descobrir. Celso não estava ali. Tico agarrou o primeiro degrau e a muito custo venceu a inércia. Começou a subir, tremendo de medo. O barulho que ouviu na seqüência fez com que olhasse para trás e se arrependesse de tê-lo feito. Fosse o que aquilo fosse, só podia ter vindo de um lugar: — do inferno.

Os homens caminhavam preguiçosamente para o vestiário. Depois da paradinha estratégica tudo ia mais devagar. Contudo, com agilidade motivada pelo impulso de medo, as cabeças dos trabalhadores se voltaram em conjunto.

Um urro de bicho, misturado a um berro de medo, retumbou nas obras do posto de gasolina. Seus olhos iam em direção ao quartel de Quitaúna, mas o urro de fera não tinha vindo de lá. Tinha vindo de um lugar muito mais perto. O grito de desespero e o barulho sinistro vinham do reservatório prestes a ser instalado.

Sem compreender o que se passava, os trabalhadores trocaram olhares. Zetti caminhou na direção do tanque. Que diabos era aquilo. Nenhum grito mais se ouviu. Somente batidas graves ribombando dentro do oco do metal, como se alguma coisa grande, como um corpo humano, tivesse sido atirada nas paredes do reservatório três ou quatro vezes.

Moacir, um senhor negro com o cabelo baixinho e grisalho, junto com Luís, um rapazinho nordestino que tinha acabado de arranjar o emprego, aproximaram-se do encarregado. Zetti via a escada saindo do tanque.

— Será que alguém caiu lá dentro, seu Zetti? — perguntou Moacir.

Zetti olhou para trás e começou a contar os funcionários.

— Veja se alguém está faltando. — gritou para os mais próximos.

Dois saíram correndo na direção do vestiário.

— Seu Zetti, eu ouvi um grito ali debaixo. Não dá pra contar e ver quem tá faltando.

Moacir aproximou-se da boca do reservatório. Um cheiro acre subia pela abertura. Cheiro de sangue.

Moacir virou-se de costas e pisou no primeiro degrau. Desceu mais dois. Seu corpo já estava pela metade dentro do tanque. Lá embaixo o ar estava mais quente do que lá fora. O reservatório ainda não tinha sido coberto completamente e boa parte do metal pegava sol o dia inteiro. Talvez fosse culpa desse calor e algum animal morto que aquela catinga da gota serena tinha se instalado ali dentro. Moacir olhou para o fundo escuro do reservatório. Não conseguiu ver nada. Olhava para cima agora. Ia dizer que não tinha ninguém à vista, que precisava descer tudo e procurar na parte escura do reservatório.

Zetti olhava para o funcionário graças à parca luminosidade que teimava no céu violáceo. Tinha abaixado e segurava as extremidades de madeira da escada. Luís tinha virado, olhando para os amigos de trabalho e ergueu os ombros.

Foi tudo muito rápido. Moacir percebeu uma movimentação com o canto dos olhos. Santo Deus Todo-Poderoso! As mãos tremeram e a corrente sangüínea recebeu um jato de adrenalina. Coração disparado. Um grito escapou de sua garganta. Não era cão ou bicho desse mundo que habitava o fundo do tanque. Era um monstro que se mexeu devagarinho e depois acelerou e avançou num salto de felino, com as patas da frente erguidas e as unhas gigantes expostas. Moacir sentiu um bafo quente no rosto. Dezenas de dentes entrando no seu ombro enquanto a boca da fera se fechava.

Zetti, com o grito, arregalou os olhos e só viu uma sombra enorme cruzando o restinho de luz num vôo inesperado. A escada se partiu em pedaços e Moacir foi carregado para a escuridão. Zetti, atordoado e assustado, caiu sentado no chão em tempo de ver as extremidades de madeira da escada primeiro subirem um pouco e depois se arrastarem pela boca do reservatório desaparecendo do seu campo de visão.

— Santo Deus! — exclamou Zetti, caindo de costas ao ver Moacir desaparecer diante de seus olhos, apanhado por uma criatura inconcebível.

Do fundo do reservatório subiram gritos de desespero.

— A gente tem de ajudar! — gritou Sebastião.

— Que bicho ta lá com eles?

Uma corrente de "eu não vi" se misturou com suposições estapafúrdias. Um dizia ter visto bem e que era um cachorro de raça.

Zetti dizia que cachorro não era de jeito nenhum. A discussão absurda e descabida diante de tamanha urgência só cessou quando o monstro que habitava o buraco soltou outro urro. Luís, um dos empregados, correu para a abertura. A escada tinha sido arrebentada ao meio e virado um monte de pedaços inúteis por conta do golpe da fera. O homem tirou a cabeça de dentro do buraco e procurou um bom pedaço de madeira.

— O que você vai fazer, Luís? — perguntou Zetti se aproximando. — Não vai entrar lá, não! Tá maluco?

— Alguém tem de ajudar o Moacir, chefe. E se esse bicho mata ele?

Zetti engoliu em seco e apanhou o celular. Tinha visto a sombra do bicho. Era algo gigantesco, disforme. Se quisesse matar Moacir, já tinha matado. Não podia deixar o rapaz descer e arriscar-se a ter mais um nome de homem morto para explicar.

— Espera um segundo.

Zetti discou para 193. Pediria ajuda ao resgate do Corpo de Bombeiros. Seu coração estava acelerado. Tinha uns quinze cursos nas costas, mas nenhum tinha ensinado como se comportar naquela inesperada situação. A ligação foi atendida. Ao seu lado, o rapaz aflito trocava o sarrafo de mão a cada segundo perdido. Para desespero de Zetti a ligação foi transferida para uma gravação avisando que seria atendido em um minuto.

Antes que esse minuto passasse, outro grito foi ouvido, em intensidade bem menor, como se Moacir tivesse perdendo as forças. Luiz não podia mais esperar. Aproximou-se de novo da escotilha de acesso. Tinha manchas de sangue no chão! O velho estava sangrando! Fazia uns quinze dias que Moacir o tinha convidado para um almoço de domingo com sua família. O velho negro sabia que Luís não tinha gente em Osasco e que ficava o final de semana inteiro na pensão para economizar dinheiro e mandar para os pais em Juazeiro.

Ficar sozinho o tempo todo estraga a cabeça, dizia Moacir. Luís tinha colocado a melhor roupa na ocasião, nada sofisticado, era a mesma roupa que tinha usado para vir a São Paulo. Uma camisa pólo, uma calça *jeans* clara e um par de sapatos novinhos. Moacir era um amigo. Mesmo sabendo que tinha um cachorro doido acuado no buraco, não deixaria o homem sozinho por conta disso.

Apressou-se em direção a uma escada de alumínio que jazia no meio de longos sarrafos de madeira. Os amigos da obra ajudaram a desobstruir a ferramenta e logo a estenderam para dar certo no buraco.

Luís virou o corpo para poder descer. Pisou no primeiro degrau e benzeu-se antes de prosseguir. Desceu mais três degraus e já via o interior escuro do tanque. O ar lá embaixo era morno e fétido. Luís chegou ao fundo abaulado do reservatório. Abaixou-se e verificou as grandes gotas que tinham explodido no chão. Era sangue mesmo. A luz do sol trazia algum conforto. Chamou pelo amigo e não teve resposta. Empunhou o pedaço de pau. Se o bicho aparecesse acabaria com ele. Respirou fundo, trazendo coragem para o peito. Tinha de ir até o escuro achar Moacir onde quer e com o que estivesse. Mas aquela escuridão era estranha. Era diferente. Danada de esquisita. Tinha coisas naquele breu. Dava para perceber. Tinha algo se movendo. Ouviu passos como se uma pessoa andasse. Na mente abalada, repetia-se; acertar a coisa na cabeça, acertar a coisa na cabeça. Luís arrastou o pé e acurou a visão. Duas bolas de fogo surgiram na escuridão.

Lá em cima, Zetti, falava com um soldado no atendimento. Respondia as perguntas mais estapafúrdias e gritava demandando urgência. Tinha uma pessoa em apuros e outra provavelmente já morta. Finalmente o soldado anotou o endereço e prometeu mandar uma ambulância do resgate, mais uma viatura do controle de zoonoses para identificar o animal atacante.

Luís estava apavorado com aquilo. Aquelas bolas de fogo estavam paradas na sua frente. O rapaz brandia o sarrafo, como um atleta de beisebol faz antes de rebater. Só que Luís sabia que aquelas bolas não eram de jogo nenhum. Tinha visto aquilo piscar. Olhos. Eram olhos de fera. Aquelas brasas sinistras assustariam qualquer um, mas Luís experimentava agora algum conforto. Sabia onde o bicho estava e isso era bom. Estava pronto para atacar quando, inesperadamente, como todo aquele pesadelo começou, podia jurar que ouviu um sussurrar em sua mente, um toque de um velho amigo, bem lá dentro de sua cabeça. Alguém lhe dizia para que ficasse no sol. Não deveria sair do sol. Se quisesse vencer aquela fera tinha de aguardar, parado, bem ali. Olhou para cima rapidamente e pôs a mão em concha na frente da boca.

— Saiam daí. Deixem a luz do sol entrar.

A luz era fraca, cada vez mais fraca, estava minguando.

Os amigos, reduzidos a meros espectadores, obedeceram ao colega. Afastaram-se da abertura, ampliando o círculo de luz.

De fato, Luís percebeu que o bicho estava imóvel, como que esperando que ele deixasse aquele pedacinho iluminado e se aventurasse nos cantos escuros do reservatório. O rapaz tentava controlar a respiração. O peito subia e descia rápido. Os pêlos em seu braço estavam eriçados. Uns chamavam aquele tipo de premonição de sexto sentido. Luís chamava de outra coisa, chamava aquela voz de amigo, de anjo. Anjo da guarda. Estava lidando com algo maligno e, como dizia sua avó desde a infância, era hora de dar ouvidos ao seu anjo da guarda. O anjo só falava quando estava perto de coisa ruim. Luís segurou o porrete com mais força e firmeza, apertou os lábios, travado naquela posição. Se o bicho quisesse pegá-lo teria de vir para a luz. Começou a recitar baixinho a oração que a avó penara para que ele decorasse e invocasse toda vez que se sentisse em perigo:

— Eu andarei vestido e armado com as armas de São Jorge para que meus inimigos, tendo pés, não me alcancem, tendo mãos, não me peguem, tendo olhos, não me enxerguem, e nem em pensamentos eles possam me fazer mal... — a criatura no fundo do tanque começou a rosnar ameaçadora e deu um passo para a frente. Luís prosseguiu na oração. — Armas de fogo o meu corpo não alcançarão, facas e lanças se quebrarão sem ao meu corpo chegarem, cordas e correntes se arrebentarão sem ao meu corpo amarrarem. Jesus Cristo me proteja e me defenda com o poder de sua santa e divina graça, a Virgem Maria de Nazaré me cubra com o seu sagrado e divino manto, me protegendo em todas as minhas dores e aflições, e Deus, com sua divina misericórdia e grande poder, seja o meu defensor contra as maldades e perseguições dos meus inimigos. — A fera deu mais dois passos para a frente, sua silhueta imensa revelou-se para Luís que não piscou o olho e continuou firme no apelo. — E o Glorioso São Jorge, em nome de Deus, em nome de Maria de Nazaré, em nome da Falange do Divino Espírito Santo, estenda-me o seu escudo e as suas poderosas armas, defendendo-me com a sua força e com a sua grandeza, do poder dos meus inimigos carnais e espirituais, e todas as suas más influências, e que debaixo das patas de seu fiel ginete meus inimigos fiquem humildes e submissos a vós, sem se atreverem a ter um olhar sequer que me possa prejudicar. Assim seja com os poderes de Deus, de Jesus e da falange do Divino Espírito Santo. Amém!

Luís engoliu em seco ao final e, como esperava, viu o monstro retrocedor até o fundo escuro e se misturar às sombras mais uma vez. O par de olhos vermelhos se afinou até desaparecer. Luís suspirou alivado.

Do lado de fora, Zetti não se agüentava de agonia. A todo instante imaginava estar ouvindo a sirene de uma ambulância se aproximando. Mas não era e nem podia ser. Tinha acabado de desligar. Correu até a boca do reservatório e berrou pra baixo.

— Sobe, moleque, pelo amor de Deus! O resgate já está a caminho. Eles vão tirar o Moacir daí e também vão dar um jeito nesse bicho.

Luís ficou pensativo. Não via nem pista de seu amigo. Não ouvia barulho algum, só o leve arrastar vindo bem de onde vira pela última vez aqueles olhos maléficos. Era aquele bicho que se movia para um lado e para o outro, sem deixar a escuridão. O cheiro ali embaixo era acre e penetrava nas narinas sem trégua. Ouviu a voz mais uma vez. Ela dizia para sair. Não poderia ajudar Moacir nem o Tico e nem Celso. Luís tocou na escada de alumínio a suas costas e foi subindo lentamente. Quando chegou ao topo, o empreiteiro lhe estendeu a mão.

— Você ou é o cara mais corajoso que eu vi ou então é o mais burro que já passou por aqui.

Luís saiu e baixou a cabeça.

— Nem uma coisa nem outra, seu Zetti. Tenho é o corpo fechado pela minha fé contra as coisas que vem do tinhoso. — disse o rapaz com os olhos ficando vermelhos e enchendo-se de lágrimas. — Acho que o Moacir... tinha muito sangue no chão. Como a gente vai contar pra família dele? — perguntou, enquanto passava o braço nos olhos.

Zetti deu um tapinha no rosto dele e olhou para o buraco. Nenhum movimento lá embaixo.

— Aguarde os profissionais do resgate. Acho que um cachorro caiu nesse tanque e só está assustado, se defendendo...

— Era cachorro nada, Zetti. Não tinha porcaria de cão nenhum lá no fundo. Se não fosse meu anjo da guarda eu também não teria voltado. Aquilo ali é coisa do demo. Pro meu anjo me falar... só com a coisa tendo parte com o demo mesmo.

Zetti não soube o que responder dessa vez. Esse negócio de anjo da guarda não existia. Era conversa fiada. Mas fazer o quê? Não era hora de contrariar a única pessoa que tinha tido colhões para descer ao fundo do tanque e tentar fazer alguma coisa para aliviar o sofrimento e a espera de seu funcionário. Enquanto dava outro tapinha nas costas de Luís, o som da sirene do resgate rompeu a avenida dos Autonomistas, varando o farol vermelho em frente a Quitaúna e vindo como raio na direção do posto.

Os paramédicos do resgate desceram rapidamente. Perguntaram sobre o acidentado e foram levados para a beira do reservatório semi-instalado. Zetti os recebeu com um turbilhão de informações ao mesmo tempo.

— O que o senhor disse? Que tem um cachorro lá dentro?

— Não é cachorro, não, doutora. Tem é um bicho maior que um bezerro lá no fundo. — intrometeu-se Chico, um dos pedreiros.

Os bombeiros trocaram um olhar preocupado.

— Eu acho que o que tem lá é um bicho encarnação do demônio. — completou Luís.

— Pára, gente. Pára. Eu também vi a coisa. É um cachorro grande. Bem grande. — cortou Zetti, antes que Luís falasse de novo sobre aquela patacoada de anjo da guarda e bláblábla. Se deixasse o rapaz entrar nesse assunto era capaz da ambulância ir embora sem prestar assistência alguma achando que estavam sendo alvo de gozação, de um trote idiota e criativo.

— Tô falando que não é cachorro, Zetti, saco! Eu desci lá! Eu vi os olhos dele! Não são olhos de cachorro, pode me acreditar.

— Você desceu até lá? — perguntou um dos bombeiros.

— Sim, senhor. Desci para ver se podia ajudar meu amigo. Mas eu não pude. Ninguém mais pode. Só o Nosso Senhor Jesus Cristo e o padrinho Padre Cícero. Só eles pra dar jeito no Moacir.

— Ele está lá ainda? — perguntou a mulher dessa vez.

— Sim, senhora. Tinha tanto sangue. Sei que ele não suportou.

— Bem, a gente cuida disso. Espere aqui.

Os homens assistiram à paramédica se aproximar da boca do reservatório. O bombeiro foi mais rápido e, segurando a mulher pelo ombro, pediu que ela trouxesse uma lanterna da viatura.

A mulher pareceu não gostar muito da atitude do homem, posto que amarrou a cara e trocaram algumas frases rápidas, mas como a situação ainda era de absoluta emergência, partiu imediatamente para executar o pedido, as farpas ficariam para outra hora.

O bombeiro entrou no tanque e desceu os primeiros degraus. Estendeu a mão e pediu a lanterna. O farol potente chegou até o final do reservatório. O soldado ficou estático, paralisado. O coração disparou antes de entender o que acontecia. Um fedor insuportável subia até a boca do reservatório. Havia ao menos dois homens mortos. Uma massa disforme no fundo do tanque, com olhos e bocas, o que mostrava ao homem que aquilo um dia teriam sido pessoas, cabeças humanas. Três narizes colados a bocas inchadas. Três pessoas mortas. Agora a lanterna tremia e o facho de luz não parava fixo. O bombeiro não acreditava no que via. Tinha, sim, um animal ali dentro, mas era algo que sua mente não conseguia identificar. Era um monstro pavoroso que, ao ter os olhos iluminados pela lanterna emitiu um urro assombroso e exibiu duas impressionantes fileiras de presas. Roberto subiu apressado e puxou a escada aos gritos:

— Ajuda, ajuda! Essa escada tem de sair daí!

A colega de trabalho e os pedreiros se acotovelaram para içar a escada.

Helena nunca tinha visto o parceiro de trabalho daquele jeito. A cena lá embaixo deveria ser hedionda, insuportável para Roberto sair naquele estado. Ela virou-se para olhar o amigo. Roberto estava próximo da viatura e com o corpo curvado para a frente, vomitando todo o almoço.

Helena olhou para os presentes e passou a mão na cabeça sem saber o que dizer.

— O que aconteceu com o meu amigo? — perguntou Luís.

Roberto respirou fundo e encarou o rapaz.

— Nao podemos fazer mais nada por ele, garoto. Eles... eles... — Roberto não conseguiu concluir, virou-se e voltou a vomitar.

Helena ficou olhando para a boca do reservatório como que hipnotizada pelo objeto. Começou a caminhar na direção da abertura, quando congelou até o último fio de cabelo, assustada com a inesperada mão firme de Roberto que, num esforço, correu e segurou-a pelo ombro com firmeza.

— Não chegue perto dessa coisa! Não chegue nem perto, pelo amor de Jesus Cristo!

Helena engoliu em seco. Olhou para o buraco novamente.

— Não podemos ficar aqui parados, Roberto.

— Ah, podemos, sim. Podemos, sim senhora! — disse o soldado, agarrando o uniforme da amiga disposto a não soltar. — Lembra do comunicado no quartel hoje de manha? O Exército está ali atrás, vamos lá. O que tem aí embaixo não é deste mundo.

— O.k. O.k. Vamos fazer isso agora. O que não podemos é ficar aqui parados.

— Ninguém chega aí perto, pelo amor de Deus.

Os dois do resgate subiram na viatura e saíram cantando os pneus, passando por cima do canteiro central e rumando para Quitaúna.

No posto de gasolina, aguardando a chegada do Exército, ficaram os funcionários atônitos. Zetti, Luís, seu Chico. Sebastião e todos os outros olhavam para o tanque assombrado. Luís começou a sentir um mal-estar repentino. Olhava para o tanque e sabia que aquilo estava saindo do controle. Seu amigo estava morto. A voz do anjo que soprara em seu ouvido tinha lhe salvado da morte, mas o mal-estar tinha retornado justamente com a voz. Ela dizia: Corra! Corra!

Luís olhou para o horizonte. O sol tinha sumido, deixando um rastro de vermelhidão no firmamento. As primeiras estrelas começavam a brilhar e os contornos da lua crescente e gigantesca rasgavam o céu. O rapaz olhou de volta para o tanque. Um barulho grave encheu o posto de gasolina. O reservatório ribombou e a boca de acesso tremeu.

— Corre, gente! Corre!

O rapaz não esperou a reação dos demais. Virou-se em sentido ao quartel de Quitaúna e começou a correr.

Metade dos pedreiros seguiram Luís, o restante ficou paralisada, talvez mordidos pelo inusitado, talvez agarrados pela mórbida vontade de saciar a curiosidade, enfrentar o desconhecido.

Zetti, ao contrário dos demais, sentia-se no dever de, na medida do possível, entender tudo o que se passava, pois seria certamente o mais interpelado pela seqüência e responsabilidade sobre os sucessos daquela tarde.

Novamente o barulho ribombou e o tanque estremeceu. Um barulho mais forte, um impacto arrojado abaulou a parte superior do reservatório, fazendo surgir um calombo de grandes dimensões. Nesse instante mais dois homens dispararam correndo. Zetti afastou-se alguns passos. Novo barulho. Outro impacto, então aconteceu. Um pedaço do tanque subiu voando e atingiu o telhado do posto de gasolina. Os olhos dos espectadores desceram para o reservatório estourado. Diante de olhos incrédulos surgiram duas garras enormes. Mãos deformadas, com unhas longas e...

— Pai do céu... — murmurou alguém.

A fera colocou a cabeça para fora e urrou horripilantemente. Olhos vermelhos como fogo, dentes aguçados e pêlos recobrindo todo o corpo.

Os homens não precisaram ver mais nada para dar o fora do lugar de uma vez por todas. Até mesmo o motorista de um ônibus de linha que tinha parado no sinal, ao escutar tão monstruoso uivo, prendeu os olhos no posto de gasolina. O medo fê-lo acelerar o ônibus antes de o farol abrir. O coletivo atravessou a avenida e foi abalroado por um Pálio Weekend e depois por um caminhão que não freou a tempo. O motorista da viação Osasco perdeu o controle do veículo e colidiu contra um poste. Estonteados e surpresos, os passageiros abandonaram o veículo e correram para longe de onde a fera bramia.

Hélio, empossado de sua forma lupina foi ao fundo do reservatório e, do meio dos corpos dilacerados tirou as duas protegidas. Saltou para fora do tanque com Aléxia num braço e Paola noutro.

Fora o garoto lobisomem que, ao raiar do sol, após escapar de sua cela, salvara as mulheres de Sétimo, refugiando-se naquele providencial reservatório de gasolina. No fundo de ferro do ambiente depositara as mulheres e, antes de adormecer, tinha retornado à sua forma humana. Tinha olhado para elas. As duas tinham sofrido demais com a exposição ao sol. Ele, em forma de lobo, nada sofrera, apenas experimentara a agonia, o ardor nos olhos, já as mulheres exalaram fumaça da pele e chagas enormes tomaram seus braços e dorsos. Aléxia era a mais afetada, com o rosto transfigurado pela irradiação. Hélio, intercalando períodos de consciência e inconsciência, aguardara no fundo do tanque, até sentir forças para caçar e alimentar as vampiras. Contudo, a sorte estava ao seu lado. Seu instinto lupino fez com que cravasse os olhos no objeto que desceu rodopiando até o fundo. Apesar de ser um papel leve e retangular, quando a fotografia bateu no chão metálico o barulho retumbou em seus ouvidos sensíveis como a pata de um elefante batendo com força. Seus olhos ficaram fixos na escada que surgiu. Mais tarde um homem desceu. Comida.

Agora, após partilhar do sangue de três adultos com as vampiras, Hélio corria sobre duas patas pela avenida dos Autonomistas. O resquício de luz do sol não incomodava a fera. Lusco-fusco. Hélio corria e saltava sobre os carros vitimados pelo corriqueiro engarrafamento da hora do *rush*. Pessoas gritavam desesperadas. Homens que, antes distraídos, saiam furiosos de seus carros após senti-los sacudirem, olhavam incrédulos para a fera com forma de lobo que, farejando o ar, em cima de seus carros, depois pulava para outro.

Hélio seguia seus instintos. Correu rumo a um elevado. Galgou com agilidade o muro da CPTM, saltou pelos trilhos atravessando para o outro lado. Um rio. Subiu um barranco e alcançou a beira de uma rodovia. Sem saber, Hélio tinha chegado ao Rodoanel. Correu, ainda com as vampiras adormecidas, pelo acostamento. Carros buzinando. Sons de freada. Uma batida. Um grande caminhão virou de lado e a freada brusca não evitou uma sucessão de colisões que culminou com o tombamento do compartimento de cargas. Dois carros foram esmagados. Hélio que corria em velocidade, estacou um segundo, olhando para trás, aspirando o cheiro de sangue. Cerrou seus olhos de fera e sua expressão ficou ainda mais assustadora. Refreou seus instintos e voltou a correr. Avistou um caminhão parado no acostamento. O cheiro do sangue convidando-o a voltar. O motorista subiu e bateu a porta. Era sua carona, sua escapada daquele cenário. Hélio acelerou e saltou para a caçamba do veículo ignorando o sangue dos mortos. Seus dentes afiados não encontrariam dificuldades para rasgar a lona e esconder no fundo escuro seu corpo de lobo e as vampiras que carregava. Hélio respirava rapidamente. Lambeu os pêlos dos braços e depois passou a lamber as vampiras, como uma mãe-loba, zelosa e orgulhosa de suas crias.

O caminhoneiro, indiferente aos clandestinos no seu compartimento de cargas, seguiu adiante, se afastando do inexplicável acidente que tinha acabado de presenciar. Só tinha visto o caminhão tombando sobre os veículos e as freadas desesperadas dos outros motoristas que tentavam a todo custo se livrar do acidente. Ele não podia ficar ali parado. Nem poderia prestar ajuda aos acidentados. Seu caminhão estava com a documentação atrasada. Logo o lugar das colisões estaria infestado de policiais rodoviários. Não queria arriscar-se a ter o caminhão de trabalho apreendido. Acelerou fundo, tomando o acesso à Castelo Branco, sentido capital. O trânsito na Marginal Pinheiros deveria estar apinhado. Ia demorar até chegar à avenida dos Bandeirantes e finalmente ao sistema Anchieta-Imigrantes. Seu destino final era a zona portuária de Santos.

CAPÍTULO 9

— Vamos. Temos de botar o pé na estrada se quisermos chegar depois de amanhã.

Leonardo tentava injetar ânimo nos seus companheiros de caminhada. O sol mal acabara de se deitar, ainda com uma linha roxa adornando o lusco-fusco do poente.

A matilha, reduzida, relutava em despertar.

— Andamos bastante na noite passada. Precisamos caminhar mais uns trinta quilômetros essa madrugada, aí, na próxima noite, alcançaremos a floresta de Ipanema.

— Por que a gente não vira lobo? Assim a gente chega mais rápido, trinta quilômetros iam passar num piscar de olhos. — sugeriu Mari, a de aparência mais velha e madura do grupo.

Jorginho, o Ginho, que alongava os braços e costas, riu da sugestão.

— Pode crer, guria. Ia ser tri. Mais ia dar na cara total. Não dava uma hora para aquele maldito militar caça-vampiros estar aqui, colado na gente.

— É isso, aí. Finalmente alguém com juízo nesse grupo. Já bastam Marcos e Yuli.

Mari deu com os ombros.

— Só estava brincando, guri. Pega leve.

Anelise aproximou-se de Leonardo e bagunçou seu cabelo com as mãos.

— É, Leozinho. Pega leve. Tá parecendo nosso patrão.

Leonardo sorriu, ajeitando o cabelo. Depois da conversa com o bando, quando decidiu levar todos para o interior, Leonardo tinha perdido algumas horas na Internet para encontrar o esconderijo ideal. Pensava numa floresta grande o suficiente para sua alcatéia e que fosse próxima a São Paulo. Nas primeiras pesquisas surgiu o nome da reserva florestal de Ipanema, que ficava na cidade de Sorocaba a oitenta quilômetros da capital. Bastava seguir as margens seguindo pela Castelo Branco. Era lá que se refugiariam até as coisas esfriarem e poderem voltar para o sul, para sua terra de origem. O bando estava sem grana para arcar com extravagâncias tal qual o conforto de um hotel para as horas de sono vampírico. Preferiam se refugiar na mata e se entocar em invernadas úmidas e escuras para passar as horas de sol. Tal manobra era ousada, havendo sempre o risco de suas barracas e esconderijos serem encontrados durante o dia. Leonardo só sentiria mais sossego quando finalmente chegasse à reserva que já fora uma fazenda no passado, fundição, e agora era conhecida como Floresta Nacional de Ipanema, onde todos os passeios eram controlados por guias e os visitantes deveriam respeitar as regras impostas pelo Ibama. Lá, sem sombra de dúvidas, encontraria um cantão abandonado onde poderiam descansar daquelas andanças e passarem desapercebidos.

Leonardo olhou para seu bando. Estava menor. Esperava por aquilo. Na noite anterior tinha percebido Marcos e Yuli cochichando. Seus ouvidos de vampiro conseguiam captar parte das sentenças. O casal estava insatisfeito com a estratégia estabelecida e Yuli reclamava constantemente da saudade dos pais e da terra natal.

Leonardo sentia o cutucar insistente na cabeça enquanto pensava nos dois. Nao sabia a que horas tinham partido, mas certamente não haveriam de estar longe. Não iria atrás deles. Não iria atrás de ninguém. Ele também não tinha comprado bilhete para aquele passeio de montanha-russa assombrada. Tinha sido arrastado por Afonso para dentro do trenzinho e estava se virando. Cuidaria daqueles que estavam ao seu lado, só isso. Sentia certa responsabilidade desde que os convencera a abandonar Afonso. E foi na hora certa. Sétimo tinha dado cabo do líder lusitano da matilha e Brites e seus soldados tinham apanhado Hélio, Janaína e os outros capachos valentões. Metade do bando tinha ido parar nas celas de Quitaúna. Agora que tinham vencido a primeira tribulação, cada um era dono de seu nariz. Se a dupla de desertores achava que assim estavam melhor, pois bem, que tivessem sorte. Leonardo olhou para seus companheiros. Apanhou um matinho no chão e levou à boca. Não ia obrigar ninguém a ter bom senso. A lua cheia se aproximava e não queria estar por perto do Exército quando isso acontecesse.

CAPÍTULO 10

Despertaram simultaneamente assim que escureceu. Bru no foi até a sala e ligou o aparelho de TV. Abriu as cortinas e inspirou o ar da noite. Raul sentou-se no sofá e apanhou o controle remoto passeando pelos canais a cabo. Parou num telejornal para ouvir as notícias do dia. Só então se deu conta de que há dias não se interessava pelo cotidiano, pela música que tanto lhe comprazia. Antes do bizarro Ignácio adentrar a sua morte, sentia-se um serzinho assustado, deslocado, que andava pelos cantos com receio. Desde o abraço para a vida noturna, não tinha mais amigos. Tinha medo. Perdera o interesse por festas, por aglomerados. Medo e solidão acompanhavam-no onde quer que fosse, como duas indefectíveis asas negras. Sentia-se um demônio. Um ser do subterrâneo. Agora as asas mudavam. As penas escuras caíam como folhas de mangueira ao entrar do outono. Quando encontrou-se com os quatro ao redor daquela fonte no parque Trianon ainda estava muito assustado para perceber, mas agora, independentemente do que encontrasse adiante com a interferência de Ignácio, sabia ter achado três amigos, sabia que tinha chegado ao seu primeiro tesouro. A oferta de trabalhar em conjunto com outros vampiros para derrubar gente nociva lhe caía como uma luva. Sua chance de reparar suas burrices de antigamente. Sua chance de reparar o erro e o mal que ajudara a esparramar. Raul estava determinado a aproveitar o momento e a pagar o preço.

Patrícia adentrou a sala espaçosa com o característico tlac tlac de seus sapatos contra o piso. Percebeu que o barulho tinha atraído o olhar de Raul. Sorriu para o colega que a observava demoradamente. Só agora o lado feminino da vampira aflorava e percebia o quanto eram atraentes os seus novos companheiros. Ainda sustinha o sorriso nos lábios e mantinha os olhos grudados nos olhos de Raul quando a voz de Bruno chegou cortante em seus ouvidos.

— Pessoal, quem ouviu isso? — indagou da cozinha.

O trio se adiantou e foi ao encontro do amigo loiro, ficando todos boquiabertos com a mesa posta.

Numa bandeja plástica repousava uma pilha de bolsas de sangue. Alexandre foi o primeiro a avançar e apanhar o bilhete em cima do banquete percorrendo o escrito com seus olhos verdes-escuros.

— Boa diversão, colegas de trabalho. Com os cumprimentos do turno da manhã. — leu em voz alta o vampiro.

As criaturas deixaram crescer seus caninos e não perderam tempo, perfurando os invólucros plásticos com os dentes afiados e sorvendo de cada um deles até a última gota de sangue.

Havia três bolsas para cada um totalizando então doze embalagens que não duraram mais que dois minutos. Durante o banquete das criaturas desapareceram os traços belos e encantadores que têm os adolescentes, prevalecendo fisionomias animalescas, de aparência agressiva e faminta.

Ao término da refeição os vampiros permaneceram calados em volta da mesa trocando olhares. Teriam vergonha um do outro? Vergonha de terem se entregado à sede de vampiro?

— Acho que precisamos de um banho. — disse a garota, enojada de ver sangue cobrindo boa parte do rosto dos amigos.

— O que é isso? Um convite? — gracejou Alexandre.

— Cale a boca, guri. Se ousar cruzar aquela porta te enfio alho goela abaixo e te prendo numa jaula de prata.

— Ora, ora, vejo que andamos devorando a boa *Cartilha da Escuridão*. — brincou Raul.

— Aquele livreto tem lá sua utilidade. — respondeu a garota, dirigindo-se ao banheiro.

Patrícia trancou a porta e ligou o chuveiro. Despiu-se lentamente na frente do enorme espelho do banheiro. As peças de suas roupas foram indo ao chão, lentamente, uma a uma enquanto a garota olha fixamente para seu reflexo pálido. Seu queixo e seus lábios estavam vermelhos, sangüíneos. O cheiro do alimento ardia em suas narinas. Seu estômago parecia vivo, contraindo e expandindo seguidamente, como se fosse ele agora o coração daquele corpo assombrado. Patrícia sentia aquela coisa. Energia correndo nas veias. Vida voltando da morte. Estava encantada. Não conseguia nem piscar. Seus olhos ficaram ainda mais brilhantes. Sua pele branca agora não causaria tanto asco a um desavisado. Estava linda, radiante. Sem perceber, o peito da vampira começou a subir e a descer rapidamente. Suas mãos começaram a tremer. Patrícia lembrou-se de Aléxia num *flash*. Era como se olhasse para a vampira de Sétimo ali na frente do espelho. Uma sanguessuga filha duma mãe. Patrícia desferiu um soco no espelho reduzindo a elegante peça a meros cacos de vidro.

Patrícia trouxe a mão de volta e olhou para o longo e profundo corte nas juntas dos dedos. Podia ver nervos e ossos. Controlou sua respiração desnecessária. Sua agonia e fúria foram arrefecendo. Então algo mágico desenlaçou-se em frente a seus olhos frios. O corte foi rapidamente fechando até que sua carne enfeitiçada estivesse de novo curada.

Patrícia entrou debaixo do chuveiro e ergueu o rosto para a água livrando o sangue da face. O mundo girava em sua cabeça.

O sangue fizera muito bem ao grupo. Até a cor da noite havia mudado para o quarteto. Estavam alertas e dispostos, prontos para o novo encontro com Ignácio.

Levaram algum tempo debatendo sobre as informações contidas na *Cartilha da Escuridão*. Estavam impressionados com os detalhes das descrições dos diversos tipos de vampiros que poderiam encontrar e com os poderes vampíricos que poderiam adquirir através da prática de exercícios, das qualidades contidas no tipo de seus criadores e principalmente oriundas da ingestão de sangue humano direto da fonte. O sangue humano operava milagres na constituição de um vampiro, poderes físicos e psicológicos que só faziam aumentar mediante o passar dos anos incontáveis que podia viver um vampiro. Quanto mais velho o vampiro, mais poderoso era seu corpo e sua mente. Chegaram à conclusão de que Ignácio deveria beirar algo próximo do indestrutível. Atribuíam ao vampiro uma existência quase milenar, pois na noite anterior, enquanto estavam no *shopping*, Ignácio havia citado Francisco de Assis para tentar justificar sua generosidade e interesse no quarteto... dizia-se amigo e ouvinte de um santo que havia nascido na Itália no final do século XII e morrido no início do século XIII. Essa citação levantava outra pista: Seria Ignácio nativo da Itália? Tudo presumido, tudo suposto, uma vez que Patrícia alertava para a possibilidade da citação não ser verídica sequer, e que o vampiro poderia ser ainda mais antigo, pois poderia ter conhecido o santo já na condição de vampiro ou seja, já sendo um imortal. Para destruir um ser poderoso como Ignácio, um combate vampiro a vampiro seria o mesmo que se suicidar, para destruir um vampiro tão antigo era necessário preparar um plano fantástico, aprisioná-lo numa jaula prateada e arremessá-lo ao sol. Conseguir fazer com que um vampiro antigo caísse numa armadilha não seria tarefa fácil. Segundo a *Cartilha da Escuridão*, vampiros antigos acumulavam uma vasta coleção de poderes vampíricos, contando com dons psíquicos que lhes serviriam de alerta, funcionando como inexpugnáveis cães de guarda. Apesar de terem chegado à conclusão de que Ignácio não havia mentido quanto à utilidade e importância da *Cartilha*, o vampiro veterano estava longe de ser uma figura confiável, viam o veterano usando contra eles quatro das forças descritas naquelas folhas finas. Era curioso e assustador ao mesmo tempo.

O celular de Patrícia tocou. Nenhum dos amigos chamava. Atendeu, reconhecendo prontamente a voz calma do vampiro. Escutou dele as orientações. Deveriam seguir juntos, num carro só, até o ponto de encontro de conhecimento do motorista. Era hora da primeira tarefa. O primeiro teste-treinamento para O Turno da Noite.

Vinte minutos mais tarde, quando a noite já ia avançada, a limusine negra estacionou em frente a um velho prédio. Estavam próximos à praça 14 Bis. Os carros passavam em grande quantidade pela avenida 9 de Julho. O motorista apontou a porta de um prédio decadente e os vampiros entenderam que deveriam entrar.

— Último andar. — orientou o motorista.

Assim que os quatro desceram, o carro afastou-se em alta velocidade. Raul destacou-se do grupo e cruzou a entrada. Caminhou por um corredor estreito que acabava num elevador dos anos 1970. Apertou o botão chamando o aparelho. Seus olhos de caçador esquadrinharam o ambiente. O prédio era velho e mal conservado. As escadas estavam sujas e a porta, que daria, muito provavelmente, num subsolo, estava solta do batente e apoiada na parede. Raul captava música chegando aos ouvidos. Músicas conhecidas. Olhou novamente para as escadas. Se não quisesse arriscar o elevador poderiam usá-las. Um cheiro de urina e sujeira impregnava o ambiente... apesar do aparente abandono do lugar, o som teimoso de televisores e música em alto volume indicava que algumas famílias tentavam fazer daquele pardieiro um lar. O elevador abriu a porta com estardalhaço e os quatro espremeram-se no espaço exíguo fazendo o assoalho estalar.

— "Capacidade máxima: 5 pessoas ou 400 quilos". — leu Alexandre, em voz alta.

Patrícia pressionou o botão do décimo segundo andar. O elevador começou uma subida lenta e sacolejante.

— Sabem o que vem escrito nos elevadores da Somália? — perguntou Alexandre, ainda entretido com a placa de aviso.

Raul e Bruno, que pareciam prestar mais atenção, menearam a cabeça em sinal negativo.

— "Capacidade máxima: 400 pessoas ou 50 quilos"! Ah! Ah! Ah! — revelou o vampiro de cabelos loiros desatando a rir.

Raul e Bruno riram timidamente.

— Vocês não têm vergonha de fazer brincadeira com isso? — questionou a vampira, visivelmente contrariada com a brincadeira.

— O que é, Patrícia? É uma piada. Entendeu? Uma brincadeira.

— É brincadeira, mas é de mau gosto. Onde já se viu?

— Ih! Tinha de ter uma mulher nessa história! Tinha de ser uma sentimental. Se liga, guria, viemos até aqui estragar a jugular de alguém... matar.

— Se vamos matar, vamos matar quem merece. — rebateu a vampira. — Além do mais, essa placa da qual você riu poderia estar em muitos elevadores do Brasil. Nos quatro cantos do país ainda existe gente morrendo de fome... quando a seca bate no Nordeste nossas terras se transformam em Somália.

— Escuta aqui, guria, não estamos no covil do Sétimo, não quero ninguém gritando no meu ouvido. — reclamou Alexandre, encostando dois dedos no peito da garota que batia na altura de seus ombros.

Patrícia, apesar da desvantagem do tamanho, não pensou duas vezes: com agilidade vampírica, num golpe rápido, afastou os dedos de Alexandre de seu corpo e com a mesma mão agarrou o pescoço do rapaz, apertando com violência e empurrando-o contra o teto do elevador. O carro condutor chacoalhou perigosamente, soltando repetidos estalidos. Raul e Bruno protestaram pedindo calma.

Alexandre não conseguia puxar ar para a garganta para fazer as cordas vocais soltarem sua voz. Seus golpes contra o braço da garota não pareciam surtir efeito algum.

A porta se abriu a tempo de Ignácio assistir à situação constrangedora do rapaz.

— Uau! Vejo que o banquete deixou meus pupilos um tanto ariscos esta noite.

Raul e Bruno estavam surpresos com a reação violenta justo do personagem que julgavam ser o mais frágil no quarteto.

O veterano se aproximou.

— Não é a toa que você é minha preferida, menina. Venha, temos mais o que fazer, depois vocês se atracam, mas agora quero que trabalhem.

Patrícia relaxou a garra, soltando Alexandre no piso do elevador. Ficou encarando os olhos verdes do garoto por um instante. O recado estava dado. Ninguém encostava o dedo nela daquele jeito presunçoso e arrogante.

O rapaz levantou-se com dificuldade, sentindo uma dor aguda onde as unhas de Patrícia tinham cravado em sua pele. Ela o tinha pego de surpresa, cuidaria para que aquela vaca não fizesse isso uma segunda vez.

Ignácio interferiu mais uma vez, colocando as mãos nas costas de Patrícia e de Alexandre.

— Venham.

Os quatro acompanharam o vampiro até uma escada. Subiram um lance de degraus e passaram por uma porta diminuta. Mais uma escada, um pouco mais íngreme desta vez e estavam na parte exterior do prédio, num terraço. O vento passava cortante e gélido. O espaço não era farto, abundante era a quantidade de dejetos abandonados naquela área de lajotas vermelhas. Vasos velhos e quebrados, latas de tinta enferrujadas e esburacadas, cadeiras faltando uma ou duas pernas, gaiolas vazias, com grades retorcidas, um sortimento inacreditável de quinquilharias. O vampiro, com segurança, subiu no parapeito do terraço, convidando os aprendizes. Somente Bruno ousou subir no estreito apoio. Raul, Alexandre e Patrícia limitaram-se a chegar pertinho e olhar para baixo.

Bruno inalou fundo o cheiro da noite. Ignácio permaneceu calado um tempo. O rapaz ao seu lado lançou um olhar para a calçada. A rua Barata Ribeiro era estreita naquela região e cheia de prédios escuros e de paredes externas enegrecidas pela poluição e por infiltrações. Antes de chegar ao asfalto, via-se um emaranhado de fios indo de poste em poste.

Ignácio olhou para o relógio de pulso.

— Já está quase na hora, meninos.

— Do quê?

— De assistirem ao bastardo agindo.

Os vampiros aproximaram-se do parapeito novamente. A palavra "bastardo" ressoava em seus ouvidos. Fosse quem fosse era um dos nomes na lista negra do tutor. Um escolhido para a morte.

— Estão vendo ali na esquina, aquele bando de mendigos?

Eles podiam ver claramente. Três homens, duas mulheres e duas crianças. Maltrapilhos, cercados por papéis velhos que buscavam organizar. Os homens traziam carrinhos feitos com gabinetes de geladeiras velhas. No bojo transportavam papel, latinhas de alumínio e ferro velho. Se pudessem subir ao terraço do prédio onde os vampiros estavam, certamente fariam a festa.

— Nosso amigo sempre passa por aqui e não perderia uma oportunidade como essa.

— O que viemos fazer aqui? — perguntou Bruno.

— Hoje é o dia do primeiro trabalho, lembram? Vocês vão ver o que o próximo nome da minha lista faz para merecer ser morto por vocês.

A sentença sombria pesou sobre os vampiros novatos. Eram vampiros. Estavam cedendo ao sangue, dobrando-se... seria difícil não quererem mais se abastecer da milagrosa seiva rubra... contudo a idéia de assassinar uma pessoa para saciar a gana pelo líquido condutor da vida humana ainda era difícil de digerir. Furtar a vida humana para a própria existência soava, a princípio, constrangedor.

— Vejam. Aquele Doblô azul...

Os vampiros localizaram a *van* mencionada adentrando a rua.

— ... o nome do motorista é Oscar. O passatempo de seu Oscar é eliminar mendigos.

Os olhos dos vampiros brilharam quando o Doblô encostou junto ao grupo de desfavorecidos. Notaram que a atenção de um dos homens foi chamada. O catador de papelão afastou-se do grupo e chegou perto da janela do passageiro. Um segundo, um aceno. O veículo azul afastou-se tranqüilamente. Os vampiros trocaram um olhar rápido. Haveria o veterano se equivocado? Estaria ele aplicando algum tipo de teste? Viam agora o catador de papelão voltando ao grupo. Trazia nas mãos cinco bandejas de marmitex empilhadas.

— O homem só parou para dar comida aos coitados... — balbuciou Patrícia. — ... o que tem de errado? Por que quer que peguemos o motorista?

— Agora vem a melhor parte.

Os mendigos abriram os marmitex e, sem cerimônia, começaram o jantar no meio da rua.

— Daqui meia hora começam os vômitos... o químico age rápido, se alastra. O nosso motorista da morte sabe o que faz. A droga disseminada na comida ataca violentamente o sistema nervoso central e depois dos vômitos as pessoas não conseguem falar, perdem os sentidos. Os médicos não sabem o que eles têm. Alguns até levantam a possibilidade de envenenamento, mas o que eles têm na frente deles? Um bando de mendigos, de jões e marias-ninguém. Acabam não levando muito para a frente o trabalho de descobrir o que se passa e quando levam, os inquéritos acabam arquivados pelo Ministério Público.

Os quatro vampiros continuaram em silêncio.

— Acontece que esse "solidário" motorista é linguarudo e se gaba do seu plano particular de "limpeza social" no clube de milionários que freqüenta. Isso comprova a tese de que todo psicopata, no fundo, deseja ser apanhado um dia. Um dos associados do clube de milionários acionou nossa agência e fez um depósito generoso para que eu interrompesse a ação do palhaço.

— Aquelas crianças, Ignácio... elas estão comendo a comida... temos de fazer alguma coisa! — exclamou Patrícia.

— Vocês farão, farão, sim, mas tudo tem seu tempo. Eles já estão condenados, não há mais nada a fazer. O que vocês farão é esbaldar-se no sangue daquele celerado.

— Não podemos ficar assistindo àqueles mendigos comerem aquilo! — berrou Patrícia, correndo em direção à escada.

A vampira tentaria impedir que as crianças fossem mortas. Esgueirou-se pela passagem de acesso ao terraço. Chegando ao corredor pressionou o botão do elevador. Aquilo ia demorar demais. Estava irritada com o tom abjeto com o qual o vampiro desprezava a vida dos humanos ludibriados pelo vilão do carro azul. As crianças não poderiam morrer. O elevador ia demorar. Desceria pelas escadas. Tarde demais. Ao virar-se para a escadaria a sombra esguia de Ignácio subia os degraus, como se tivesse, num passo de mágica, vindo do andar de baixo, bloqueando a sua rápida descida.

— Lição número um: quando estiver a meu serviço, vampira, foco no alvo. Não perca tempo com pequenezas. Quero a vida daquele maldito, estou pagando para ter assassinos, não samaritanos da noite. Vocês têm um objetivo e devem me obedecer cegamente.

— Pensei que se importasse com os menos favorecidos.

— Nunca disse que me preocupo com o gado, menina. Disse que dirigia uma agência. Vou atrás de quem sou pago para pegar. Apenas disse que os crimes que esses bandidos cometem seria o combustível para vocês, que estavam ligeiramente desmotivados, sem sede... nunca disse que os crimes eram meu combustível.

— Vamos logo atrás dele, antes que aquele maluco espalhe ainda mais desgraça dentre essa gente. — disse a vampira, empurrando o vampiro e descendo os degraus.

Ignácio lançou um olhar de esguelha para o ombro, onde a mão rápida da garota o havia atingido. Lançou seu sorriso perigoso para o trio de rapazes que agora estava à sua frente. Patrícia já havia descido um andar ao menos.

— É por isso que gosto das mulheres vampiras. Vampiras não menstruam, não têm TPM... estão sempre dispostas e de bom humor para o trabalho. — brincou Alexandre, passando pelo vampiro.

Os outros dois riram, acompanhando o amigo. Ignácio meneou a cabeça negativamente. Talvez aqueles vampiros não tivessem sido uma escolha tão boa assim. Eram filhos de Sétimo. Eram arredios como o português, jovens e arrogantes. Ignácio suspirou fundo enquanto a porta do velho elevador se abria no final do corredor.

Pararam o carro numa rua dos Jardins. Uma das ruas com os imóveis mais caros de São Paulo. Os faróis do veículo foram apagados. Tempo de esperar. Os vampiros pálidos esperavam pelo comando de Ignácio.

Passou quase uma hora até que o Doblô apontasse na rua e o portão automático de uma das mansões se abrisse.

— O alvo chegou. — disse Ignácio, dando uma rápida batida no vidro que separava a parte dos passageiros da do motorista.

O vidro desceu silenciosamente. O motorista passou uma maleta prateada para o chefe pela abertura.

Ignácio encarou seus pupilos por um segundo.

— Patrícia e Bruno, vocês vão fazer esse serviço. Os outros esperam aqui e assistem ao espetáculo.

Se fossem vivos, os corações dos quatro estariam disparados.

— Por que só nos dois? — questionou a garota.

— Porque eu estou mandando.

Ignácio soltou as travas da maleta e retirou duas pistolas do interior, entregando uma para cada um dos vampiros escolhidos. Em seguida passou também um par de óculos de lentes escuras para cada um deles.

— Vou mostrar como o equipamento funciona. Prestem atenção. Vou falar uma vez só. A missão é simples. Entrar na mansão, localizar o alvo o mais rápido possível. Matá-lo. Voltar ao carro. Para matá-lo, usem as pistolas. Sorvam o sangue dos ferimentos abertos pelas balas. Deixem uma generosa mancha de sangue no chão, isso evita barulho em cima do caso. Vão encontrar um defunto esburacado e ensangüentado. Se vocês simplesmente chegarem e só tomarem do sangue do cara, pronto, amanhã o serviço estará na primeira página dos jornais com manchete de "culto macabro faz vítima em São Paulo". Os pedidos de nossa agência caem praticamente a zero por meses e meses. Serviços pequenos como esse precisam de discrição. Tenho um negócio lucrativo aqui, não me desapontem.

Os vampiros aquiesceram.

— As pistolas são calibre 44. Fazem bastante barulho, vão usálas sem silenciadores hoje. Quero que o maldito se borre nas calças. Vocês destravam ela aqui. São automáticas, rápidas e suaves no tiro. Segurem firme para não perderem a mira. Cada um de vocês vai levar um municiador sobressalente, isso quer dizer dezesseis tiros a mais, somando os dois, trinta e dois tiros extras. Não gastem tudo. Não por economia, não precisamos disso, mas quero que aprendam a se virar com pouco. Só tomem sangue de quem for baleado. Estes óculos possuem microcâmeras que permitirão que assistamos a toda a ação, que eu grave o desenrolar da missão e depois aponte erros e acertos. Existem também microfones e autofalantes. São, mais ou menos, como pontos eletrônicos, mas não vou interferir, exceto que seja estritamente necessário. Amanhã será a vez de Raul e Alexandre. Se forem pegos, estarão por conta própria. Não vou fazer as vezes de babá para ninguém. Boa sorte. — despejou o vampiro, abrindo a porta e dando liberdade para os vampiros.

Patrícia e Bruno deixaram a limusine. O carro acendeu os faróis e deixou a rua rapidamente.

— Estaremos por perto. — avisou a voz do vampiro chegando pelo microfone. — Depois que vocês lerem a *Cartilha da Escuridão* por inteiro e treinarem os exercícios telepáticos, deixaremos de lado esses olhos cafonas... enquanto não aprendem, vão ter de acostumar com minha voz nos seus ouvidos. Dica: não toquem a campainha. Saltem o muro.

Conforme andavam em passos rápidos, o sobretudo da vampira esvoaçava com o vento recebido. Bruno tinha abandonado a camiseta amarela gritante e agora se adequava ao grupo sucumbindo à ditadura do preto. Recostaram-se no muro. Patrícia examinou a superfície do obstáculo. Bruno olhou para os dois lados. Nenhum vigilante noturno no pedaço. Patrícia escalou o muro, evocando suas habilidades de vampira e logo chegou ao topo. Era uma propriedade grande. Próximo ao portão principal via uma guarita com uma luz acesa, um guarda particular de prontidão. Na extensão do muro havia câmeras dispostas em grande intervalo. Saltou para a área interna e correu até uma grande lixeira que serviria de esconderijo provisório. Segundos depois, Bruno juntou-se à amiga.

— Onde vamos começar a procurar? — perguntou a garota, examinando o cenário.

— Lá. — apontou Bruno para a garagem.

A *van* azul estava num pátio coberto, cercado por mais dois carros importados. Tinham os fundos da casa logo à frente da lixeira, distando aproximadamente vinte metros e a porta da garagem parecia se encontrar à mesma distância. Certamente encontrariam naquele pátio mais uma porta de acesso para a casa. Não viam o miserável assassino de mendigos em parte alguma.

— Vamos logo, garota. Não vou ficar aqui nessa lixeira a noite toda. Siga-me, te mostro como fazer. — adiantou-se Bruno, correndo com o corpo flexionado em direção à garagem.

Através de um monitor acionado na limusine, Alexandre e Raul, apreensivos e torcendo pelo sucesso da dupla de amigos, assistiam à aproximação à garagem através dos olhos de Bruno. Estavam com os olhos arregalados e tensos. Tinham a impressão de que a qualquer momento surgiria um cão de guarda enlouquecido ou um grupo de seguranças patrimoniais fortemente armados para estragar a investida.

— Você está falando sério que se algo sair errado não vai ajudá-los?

— Estou. — respondeu o ancião para Raul.

— Por quê?

— É parte do teste. Se eles não conseguirem realizar uma tarefa dessa, com grau de dificuldade pequeno, não vão conseguir partir para cima dos alvos mais perigosos e rentáveis... não me servem.

— Mas, supostamente, você deveria nos treinar para essas tarefas, não nos jogar na fogueira como está fazendo com eles. — interveio Alexandre.

— Não estou jogando ninguém na fogueira. É exatamente o contrário. Estou jogando água, estou regando o desabrochar de vocês. Vampiros como vocês precisam encarar situações extremas para deixar a natureza assassina do vampiro vir à tona, podem até se controlar o resto do tempo, mas quando colocados em risco de extinção devem tornar-se criaturas letais... o medo é um dos adubos essenciais para esse desabrochar.

— Mas se algo der errado, acabou esse papo de hortelão de quinta categoria, vai deixá-los para trás?

— Alexandre, se a semente é fraca a árvore será fraca também, não me interessam árvores fracas... depois do teste de vocês amanhã, o bicho vai pegar.

— Você é um cara bem estranho.

Ignácio sorriu com sarcasmo. Tirou o celular do bolso e digitou três números. Os rapazes se entreolharam.

Ignácio foi atendido e começou a falar:

— Boa noite. É da polícia?

Alexandre e Raul arregalaram os olhos.

— Eu estava passando em frente a uma casa e vi dois sujeitos bem suspeitos pulando o muro.

Ignácio fez uma pausa.

— Acho que são assaltantes. Vi claramente que estavam armados. O endereço? Certamente posso lhes passar. Pode anotar?

— Isso é porque ele queria discrição. — comentou Alexandre.

— Olhem! — interrompeu Raul, saltando no banco.

Bruno olhou no interior do Doblô azul. Ainda continha algumas quentinhas envenenadas prontas para serem "doadas" aos desafortunados da madrugada paulistana... talvez o maldito assassino planejasse uma nova saída ainda naquela noite.

— Olhe! — alertou Patrícia.

Bruno ergueu os olhos para o local sinalizado. Uma câmera de segurança na garagem. Olhou para a outra extremidade. Havia outra! O vigia poderia já ter dado conta da presença deles dois.

Bruno atravessou a garagem desviando-se dos dois importados de luxo. Passou por uma porta marrom. Patrícia, apesar de não concordar com o método impensado do amigo, seguia o vampiro. Queria dar o fora dali o quanto antes, uma sensação crescente de desconforto e medo estava invadindo seu peito. Em alerta, ao cruzar a porta, segurou firme a coronha da pistola com ambas as mãos. Nunca tinha dado um tiro... sentia-se deslizando em desvantagem para dentro de uma armadilha... os homens que guardavam a casa eram treinados para atirar em invasores.

Bruno, caminhando rápido, arma erguida e pronta para o tiro, cruzou uma nova porta. Um corredor. Braço com a pistola estendido, o outro rente ao corpo. Ouviu uma música. Olhou rápido para Patrícia. Tinha esquecido completamente do desconforto do óculos ou da possibilidade de comunicação com Ignácio. Avançou em direção a música. Abriu a porta com um chute. Dois homens comiam à mesa. Ficaram estáticos por um segundo vendo o rapaz jovem e de corpo forte apontando a arma para eles. Patrícia chegou atrás, arma erguida também.

Suavemente, um dos homens, ambos uniformizados com os emblemas da empresa de segurança, baixou a mão até o rádio.

Bruno e Patrícia permaneciam imóveis. Bruno sabia que tinha de atirar, mas nunca estivera naquela situação. Rangeu os dentes.

O segundo homem, imóvel, de olhos esbugalhados, tremia o queixo. Baixou a mão na altura da cintura. A arma no coldre. Poderia sacar. Como aqueles garotos eram pálidos!

O primeiro segurança pressionou um botão no rádio.

— Intrusos na cozinha...

Bruno grunhiu exibindo os dentes pontiagudos.

— ... Deus do céu... — continuou o segurança com o rádio acionado. — ... avisem o seu Oscar...

O segundo guarda ergueu a arma.

Bam! — explodiu o primeiro tiro contra a cabeça do guarda armado.

Bruno continuava com a arma apontada para o guarda com o rádio. Vampiro e segurança estáticos, olhos arregalados.

O corpo do segurança atingido na lateral da cabeça desmoronou lentamente, caindo sobre a mesa e derrubando a refeição do marmitex no chão.

O cano da pistola da vampira exalando um fino fio de fumaça.

Patrícia tinha a respiração entrecortada. Ansiedade transbordando pelos lábios, exalando pelos poros. Seus olhos estavam vermelhos de sangue.

O guarda com o rádio transformou-se numa estátua, sem responder os repetidos chamados do aparelho. Seus olhos eram escravos do garoto vampiro.

— Quantos guardas ainda têm na casa?

— Mais um.

— Onde está o Oscar?

— Ele acabou de chegar. Deve estar no banheiro do quarto dele. Fica lá em cima. O velho não guarda dinheiro na casa, pelo amor de Deus, não matem mais ninguém.

— Sai daqui! — gritou o rapaz para o segurança.

O homem pulou o corpo do amigo e arrastou-se contra a parede evitando encostar-se na garota.

Patrícia agarrou-o pelo pescoço e atirou-o ao chão, fazendo-o sufocar.

— Eu deixei ele ir, garota. — ralhou o vampiro.

— Ele viu os seus dentes. Isso vai atrapalhar. Lembra-se do aviso de Ignácio?

Bruno titubeou.

Patrícia abaixou o homem e exibiu os dentes caninos proeminentes.

O guarda empalideceu e soltou um grito.

— Vou te deixar viver, maldito, mas se abrir o bico para falar de meus dentes para alguém, te acho até no inferno, miserável, e acabo com a tua raça. Entendeu?

O homem tremia da cabeça aos pés. Parecia estar olhando para os olhos dum demônio baixinho em forma de menina. Os olhos do bicho ardiam. Ele meneou a cabeça concordando com a garota. Só queria viver.

Patrícia libertou o pescoço do guarda, virou-se arqueando o corpo para a frente, apoiando-se na mesa. Queria sair dali mas não conseguia. O cheiro vindo do sangue da poça formada pelo primeiro segurança entrava em seu corpo e parecia grudá-la no chão da cozinha. A vampira abaixou-se e lambeu o grosso fio de sangue que seguia o contorno das canaletas formadas nos encontros das lajotas.

Bruno, apesar de atraído pelo cheiro, primava pelo objetivo, agarrou a vampira pelo sobretudo e arrastou-a para fora dali.

— Vamos logo. Daqui a pouco o outro segurança aparece.

Cruzaram uma sala cheia de mobiliário clássico. Era espaçosa e com as paredes recobertas por cortinas luxuosas e quadros antigos. Encontraram uma escada. Muitas portas no andar superior. Vários quartos. Todos exemplarmente arrumados. Onde estaria Oscar?

O guarda que recebera o alerta dos seguranças que jantavam na cozinha já tinha dado o alarme na central e, só por segurança, acabava de desligar o 190. Para sua surpresa e alívio recebeu a notícia de que uma testemunha já tinha entrado em contato. As viaturas já estavam a caminho. Com a arma em punho, caminhou com medo em direção da casa. Os colegas não respondiam ao rádio. Teriam morrido?

Patrícia ouviu o som do chuveiro quando cruzou o batente da porta. Arrastou o pé no chão acarpetado. Fez um sinal com a cabeça para Bruno, que também entrou no quarto. Ambos apontavam as pistolas para a porta do banheiro. Seria possível que o milionário assassino não tivesse escutado o som do tiro disparado na cozinha? Talvez o som do chuveiro, as portas fechadas...

Bruno recostou-se junto à porta. Girou a maçaneta e empurrou a folha de madeira que abriu suavemente, liberando um sopro de vapor para dentro do quarto. Patrícia ficou de frente para a porta. Apertou os olhos, forçando a visão para enxergar alguma coisa no meio do vapor. Um arrepio cruzou sua espinha. Uma sombra. Explosões. A vampira foi ao chão soltando a arma. Mais disparos. Balas zuniam, escapando da nuvem de vapor que servia de esconderijo ao milionário. Velho esperto. Farpas de madeira voavam do batente da porta, atingida diversas vezes pelas balas disparadas por Oscar.

Bruno cravou um dos joelhos no chão. Outro disparo passou perto da amiga mais uma vez.

Patrícia gemeu e ficou no chão um instante. Tinha caído longe da cama. Mais balas passaram perto do seu corpo, levantando pedaços do carpete. Um dos disparos acertou o colchão, enchendo o ar de dejetos flutuantes. A vampira rastejou para debaixo da cama.

Bruno, evocando habilidade vampírica, deu um rolamento para dentro do banheiro. Seus olhos poderosos viam através das lentes escuras e combatiam bem o vapor d'água. Conseguiu definir a silhueta do assassino de mendigos, com arma em punho. Pressionou o gatilho. Dentro do banheiro o som do disparo da Desert Eagle 44 parecia ter sido triplicado, ribombando feito trovão em tempestade furiosa. O homem caiu, largando a arma. Bruno caminhou até o box e desligou a ducha fervente. Patrícia surgiu no batente. A amiga estava ferida, com a boca aberta e expressão surpresa. Aos poucos a nuvem de vapor ia se desfazendo. Bruno aproximou-se do milionário, colocou o pé embaixo de Oscar e virou o corpo do homem para poder encará-lo. Oscar ainda estava vivo. Bruno apontou a pistola para a cabeça do milionário. Sensação estranha. Matar um homem... tiro à queima-roupa... encarando a expressão de horror da vítima com seus lábios trêmulos. Bruno fechou os olhos... dedo no gatilho. O primeiro disparo tinha sido tão fácil, por que hesitava agora? Talvez fosse por culpa dos olhos de súplica do infeliz. Mas não deveria ter pena. Oscar era só sua refeição. Um assassino de mendigos, de crianças. Não era digno de pena. Certamente esqueceria daqueles olhos apavorados depois de saciar a sede de sangue. Como quando era humano. Comia carne de vaca, mas não tinha pena do bicho. Era só comida. Comida com sabor de justiça, afinal estava livrando o mundo de um psicopata, um perverso.

— Não... não atire, por favor.

Patrícia aproximou-se ao ouvir a súplica do maldito exterminador de gente. Lembrou-se das crianças comendo a comida envenenada servida no marmitex.

— ... não tenho dinheiro em casa... ai. Eu... eu posso conseguir alguma coisa, mas não guardo dinheiro aqui.

— Não viemos pelo dinheiro. — disse a voz controlada e fria da garota.

Respirando com dificuldade o homem olhava para a vampira. A visão baça e o vapor remanescente disfarçavam a palidez mórbida da dupla, sem reter a atenção do agonizante personagem. Os olhos do homem estavam carregados de pavor.

— O que vocês querem?

— Matar você... beber teu sangue. Vingança. — murmurou Bruno, como se fosse a coisa mais comum do mundo.

— Por quê?

— Por quê?! Por quê?! Você não se sente culpado pelo que fez?!

— Patrícia, raivosa, quase gritava, apontando também sua pistola para a cabeça do assassino.

Os olhos do condenado dançavam de um ao outro.

— Eu... eu... Deus! — o homem que tentara levantar a cabeça nesse momento deixou-a cair contra o azulejo, soltando um suspiro prolongado e relaxando a musculatura.

O sangue do homem escorria pelo piso do banheiro.

— Matem-no! — surgiu repentina a voz de Ignácio através dos fones especiais.

— Não precisa... — murmurou Bruno, ainda dono de calma surpreendente.

— O quê? — indignou-se a voz metálica. — É uma ordem! Não te coloquei aí para brincar!

— Ele já está morto, Ignácio. — tornou o rapaz vampiro.

Patrícia abaixou sua arma e suspirou.

Bruno abaixou-se até tocar com a boca o peito nu da vítima. O ferimento aberto pelo projétil permitiu que sorvesse do sangue humano. Estava feito. Tinha matado sua primeira refeição. Tinha queimado as pontes. Jamais voltaria a ser o rapaz comum de Sumaré, que cativava as garotas dos cursinhos com seus olhos encantadores e seu corpo bem-feito. Era agora uma criatura ávida por sangue, um perigo para os de sangue quente.

— Parados! — gritou o segurança.

Patrícia virou-se devagar.

— Solte a arma.

A vampira obedeceu, sem tirar os olhos do guarda.

O homem olhou para Bruno debruçado sobre o corpo do patrão, arregalou os olhos, perplexo, e deu a oportunidade que a garota pálida esperava.

Patrícia, usando velocidade sobrenatural, desarmou o vigia e agarrou seu braço e pescoço. Ato impensado, simples reflexo, fechou a mão com toda a força, tendo a incômoda sensação da traquéia do homem sendo esmigalhada entre seus dedos. O guarda caiu de joelhos e levou as mãos ao gogó. Não conseguia respirar. Patrícia abaixou-se e apanhou novamente sua pistola. Bruno levantou-se, com olhos tristes e encarou-a, com o queixo branco sujo de sangue.

— No que nos transformamos? — perguntou.

Patrícia adiantou-se e afastou o grandalhão. O cheiro de sangue fresco era irresistível, o resultado de sua ação, irreversível. Ajoelhou-se.

— Vampiros, Bruno. Nos transformamos em vampiros.

A garota afundou o rosto na ferida da vítima e buscou por mais sangue. Precisava daquilo. Daquela droga líquida. Daquela droga vermelha-viva. O cheiro era arrebatador. O estômago ardia, urgindo por uma resposta, por alimento.

Bruno levantou-se. Repentinamente foi tirado do torpor em que se encontrava.

O segurança estremeceu uma última vez. Jamais descobriria o que acontecera naquela noite. Jamais saberia que uma vampira havia destruído sua garganta, tirando sua vida. Seu corpo esmaeceu completamente, liberando um último e prolongado som gutural que ressoou em suas cordas vocais feridas.

— Temos de sair daqui, Patrícia.

A vampira ergueu o rosto.

— Vamos. — tornou a chamar Bruno.

A vampira abaixou o rosto sobre o peito do cadáver mais uma vez. Precisava de mais sangue. Maldita hora que havia cedido à sede! Agora via-se escrava do sangue. Uma viciada em ópio vermelho.

Bruno voltou ao banheiro e agarrou-a, arrastando-a pelo carpete.

— Ei!

— Temos de sair daqui!

— O que foi? Já estão todos mortos.

— É. É isso mesmo. Estão todos mortos. Demos tiros aqui dentro. Alguém já deve ter chamado a polícia.

Sirenes!

— Tarde demais! — reclamou o vampiro.

— Ignácio! Tira a gente daqui! — gritou Patrícia.

Nenhuma resposta.

— Ignácio!

Dentro da limusine Raul e Alexandre estavam indignados. Por que o vampiro, além de contribuir para o desfavor da dupla, se recusava a ajudar? Não entendiam.

Diante dos novatos perplexos e ansiosos, o veterano tinha acabado de pedir ao motorista que se retirasse dali com urgência.

— Agora é que vem a prova de fogo, meninos. Não vou ajudá-los. É meu teste final. No primeiro trabalho tem de ser assim, sem minha interferência direta. Cada um por si. Quem passa no teste vira meu protegido. Quem for pego, está fora.

— Não acredito que a gente se meteu com você. — reclamou Alexandre.

— Eu não disse que ia ser fácil ou gostoso. Trabalho é trabalho, filho.

— Aquele miserável não vai nos ajudar, Patrícia, temos de dar um jeito de sair por nossa conta.

Patrícia, sentindo-se quente pela recente ingestão de sangue, pensava.

— Vamos saltar o muro. — insistiu Bruno, descendo para a sala.

O som das sirenes estava próximo. Ao refazerem o caminho que tinham usado para invadir a casa do assassino, passando pela cozinha ensangüentada, chegaram até a garagem. Luzes de giroflex cortavam a escuridão. A rua estava tomada por viaturas da guarda patrimonial e também pela polícia.

— O que faremos, Patrícia?

— Calma. Vamos procurar outra saída, pelo muro da frente não dá.

— Podemos saltar para a casa do vizinho!

Diante da indecisão da vampira, Bruno escalou a parede da casa e subiu no telhado da garagem. O telhado terminava numa continuação do muro dos fundos do terreno, não era muito alto, mas uma cerca extensa de arames pontiagudos o fizeram vacilar. Ouviu um ronco vindo do céu. Luzes de holofote. Batidas no portão frontal. Um helicóptero se aproximava. Bruno saltou do telhado, caindo ao lado da vampira. Estava nervoso.

— Eles vão invadir a casa. — disse Patrícia, voltando para dentro da garagem e encostando-se num dos carros importados.

— Tá tudo cercado. Vai ser difícil pular para a casa do vizinho. Tem arame farpado para todo lado.

O portão foi sacudido e depois de um novo solavanco, cedeu, uma tropa de seguranças privados entrou junto com alguns homens da polícia. Os policiais correram com armas em punho em sentido à garagem. O lugar estava vazio. Três carros estacionados. Olharam pelos vidros procurando por sinal de assaltantes escondidos.

Os vigilantes patrimoniais procuravam pelos colegas. Ninguém na guarita. O rádio padrão não respondia. O líder do grupo sinalizou para entrarem pela porta da frente da casa.

Os policiais militares, chegando na cozinha avisaram via rádio a existência de vítimas. Solicitaram ambulância e carro do IML. Bradavam avisando que estavam invadindo a propriedade, gritavam para intimidar inimigos invisíveis. Mandavam que prováveis bandidos soltassem as armas e se entregassem enquanto havia tempo. Chegaram na sala principal da casa ao mesmo tempo que a vigilância privada acessava o cômodo. Olharam ao redor. Repentinamente, tiros! Jogaram-se no chão, buscando proteção. Só então perceberam que os disparos não vinham contra eles. Tinham sido efetuados no andar de cima. Dois disparos. Organizaram-se para subir com cautela. Precisavam chegar até o local crítico e tentar salvar ainda alguma alma oprimida.

Segundos atrás Patrícia tinha conduzido Bruno de volta ao quarto do psicopata Oscar. Olharam mais uma vez para o corpo agora pálido do maldito assassino. Não havia escapatória. Estavam cercados na casa. Presos numa maldita ratoeira. Se entrassem em confronto com os policiais, as balas acabariam antes do sucesso da fuga, não tinham experiência nesse tipo de ação... ambos os vampiros sabiam que ainda eram alvos fáceis.

— Tenho uma idéia para tirar a gente daqui. — disse a vampira olhando o parceiro nos olhos.

Bruno aproximou-se do vigilante morto, que tentara desarmá-los no banheiro. O homem estava com os olhos esbugalhados e os lábios roxos vitimado pela asfixia.

— Por experiência própria, sei que vai doer pra cacete, mas é o único jeito.

— O que você está pensando?

— Esses policiais vão pegar a gente, vivos ou mortos. — disse a vampira, erguendo a pistola e mirando o meio do peito do amigo. — Vai doer mais em mim do que em você.

— O q...

Patrícia disparou.

Bruno, sem tempo de defesa, tombou pesadamente, invadindo o piso do banheiro. O peito queimava e a dor era aguda. A filha da mãe tinha acertado seu coração! Ouviu a amiga disparar mais uma vez, para cima, arrancando uma nuvem de gesso do teto. Depois a amiga deitou-se ao seu lado, abrindo a jaqueta e deixando bem evidente o ferimento que também trazia, causado pelo prévio disparo de Oscar.

Os policiais avançavam em movimentos coordenados pelo corredor. Sabiam exatamente o que fazer. O coração batendo disparado. Bandidos armados e tiroteio não combinavam. Tinham de ser prudentes e ao mesmo tempo não perder tempo. Os canalhas iam pagar caro.

O tenente que conduzia o grupo foi o primeiro a chegar ao quarto do ricaço. Uma cena típica de confrontos violentos e ações atrapalhadas por parte dos bandidos. Cadáveres para todo lado. Vasculhou o quarto. Na entrada do amplo banheiro passou pelos dois jovens de preto caídos, ambos abatidos com tiros no peito, um vigilante morto. O cômodo era grande o suficiente para que mais algum marginal estivesse escondido. Tomou cuidado para não pisar no sangue derramado pelo chão e vasculhou box, banheira e tomou o cuidado de revirar os armários. Os soldados do lado de fora do banheiro checavam a pulsação do vigilante.

— Sem chance. — diagnosticou.

O tenente parou um instante fitando o rosto de Oscar. Não conseguia entender como podiam entrar na casa de um homem bom daqueles, um conhecido e abastado humanitarista, um filantropo.

O policial deu outro passo e passou a observar os adolescentes mortos. Seus rostos sem vida estavam pálidos. Apertou o pescoço de ambos só para desencargo de consciência. Olhou para o colega e proferiu:

— Estão mortos. Pode cancelar a ambulância. Isso aqui só dá caixão.

CAPÍTULO 11

— Ainda não me acostumei com essa vida. — resmungou a menina, com a mochila nas costas.

Marcos deu uma olhadinha para trás. Yuli mantinha o ritmo rápido, mas tinha perdido o sorriso no rosto.

— Qual parte te incomoda tanto, guria?

— Agora nem é em incômodo que estou pensando. Tou pensando é nessa coisa estranha de ser vampira e loba ao mesmo tempo. — a garota suspirou. — A gente está andando há horas e não estou me sentindo nem um pinguinho cansada. Se fosse antes, não conseguiria mover as pernas desde umas três horas.

Marcos sorriu para a namorada.

— Pode crer. Só que no lugar da dor, vai crescendo essa queimação na barriga.

— E a sede.

— É. A sede também.

— Bá, eu daria tudo para morder um pescoço agorinha mesmo. Tomara que ninguém pare no acostamento. He! He!

Marcos riu. Era isso que gostava nela. Yuli era espontânea e carismática. Era reclamona, mas sabia fazer os outros darem risada.

— Pula na frente de um carro. O cara vai parar pra te xingar e você bebe ele.

Yuli olhou por um instante para o tráfego rápido nas pistas da Castelo Branco.

— Até que sua idéia não é de todo má, meu amor. Prefiro esperar a sorte me mandar a comida. Assim não vou ficar passando mal de pensar que acabei com alguém.

— Então vamos apertar o passo. Segura os dentes até amanhã que estaremos de volta a São Paulo. Lá poderemos caçar sem sermos notados. Aqui nessa estrada, em coisa de duas horas, já teríamos um bando de policiais vindo atrás da gente.

— Ah! Ah!

— Do que tu tá rindo, guria?

— Nada.

— Fala.

— Esse seu jeito... parece até que tá imitando o jeito do Leonardo falar. Todo cheio de cisma.

Marcos riu também.

— Mas que é verdade, é verdade. — continuou. — Se você pega alguém aqui, logo tão atrás da gente. — Marcos apontou para um poste. — Olha o tanto de câmeras que a Via Oeste colocou aqui. Eles estão de olho em todo mundo.

Yuli aquiesceu e ficou calada.

Marcos notou o semblante noturno da namorada, mas nada disse. Sabia por que ele estava daquele jeito. Ela, como ele, se perguntava se estavam fazendo a coisa certa. Talvez Leonardo tivesse razão em esperar mais um pouco. Mas a saudade do Rio Grande do Sul era tamanha que seus pensamentos eram embotados e tudo ficava confuso, a única trilha clara como água era aquela que estavam percorrendo. O caminho de casa.

Yuli pensava no que o namorado acabara de dizer. Que na grande cidade poderiam caçar incógnitos. Olhou para a Lua no céu, quase cheia. Tinha consultado a folhinha. Quando ela subisse ao céu na noite seguinte seria lua cheia. A primeira lua cheia do mês. Yuli, sem dizer nada, apertou o passo e deu a mão para Marcos. Entrelaçaram os dedos e continuaram a silenciosa jornada.

CAPÍTULO 12

Alguém abriu a portinhola. Frio. Patrícia fechou os olhos e ficou imóvel, imitando perfeitamente uma defunta. Até aquele instante estivera atenta ao som proveniente da sala. Esperava um momento de silêncio absoluto para tentar abrir o compartimento refrigerado e escapar. Ficou alarmada quando percebeu um assobio aproximando-se de sua geladeirinha particular. A pessoa tossiu ao abrir o compartimento. Dois segundos depois a maca sobre a qual repousava deslizou para fora da câmara. Parou. Ouviu os passos se afastando. Poderia arriscar uma olhadela? Não arriscou. Esperaria o silêncio... que não veio, pois agora ouvia o guincho das rodinhas de outra maca sendo arrastada e vindo parar ao lado da sua. Bruno, por certo. Os pés do funcionário se afastaram de novo e ouviu uma pancada fechando a câmara frigorífica. Santo Deus... será que o legista os estava preparando para uma autópsia?! Se fosse esse o caso, teria de tomar uma atitude radical, intervindo diretamente e, talvez para ter alguma chance de escapar do IML, teria de matar o homem ou mulher que estava "trabalhando" em seu corpo... outra morte, outro assassinato. Patrícia sentiu um frio na barriga ao imaginar-se tendo de matar outra pessoa naquela noite. Sem perceber estava contraindo o rosto, fazendo uma careta. Torceu para não estar sendo observada. O silêncio momentâneo e sepulcral indicava que talvez o homem tivesse visto, sim, a tal careta e agora a encarava, perplexo. Sabia que ele ou ela estava por perto. Talvez o legista estivesse com cara de espanto ou assustado, se recusando a se aproximar, amedrontado demais com aquele espasmo repentino vindo da cara da morta. Por um segundo a vampira teve vontade de rir. Se não se controlasse o cara ia entrar em desespero. Mas foi ela, a garota morta-viva que tomou um susto.

— Patrícia! — chamou a voz feminina, inesperadamente.

Patrícia manteve-se imóvel. Não tinha consigo documentos que a identificasse. Como podia?

— Bruno! — chamou novamente a voz delicada.

Patrícia sentiu um desejo imenso de abrir os olhos e satisfazer a curiosidade. A voz chamava pelos dois... como podia?

— Vamos, seus vampiros duma figa, podem abrir os olhos. Estão seguros comigo.

Patrícia hesitou.

— Quem é você? — ouviu a voz momentaneamente rouca do parceiro vampiro.

Não tinha mais volta, agora poderia abrir os olhos, uma vez que Bruno tinha revelado o segredinho da dupla.

Patrícia viu uma jovem loira, não mais que trinta anos, olhos verdes. Vestia um jaleco branco, típico de médicos, talvez fosse a legista.

— Ignácio me ligou. Vocês são do turno da noite, não são? Olha, o pessoal está no horário de folga. Saí para escovar os dentes, ninguém sabe que estou aqui. Não tem câmeras nesse prédio. — revelou a mulher exibindo uma pequena *nécessaire*. — Vocês têm dez minutos para sumir daqui. Eu mostro como. — disse, indicando uma janela basculante aberta. — Saltem a grade de proteção, são mais de três da manhã, segurança não tem, mas tomem cuidado antes de saltar para a calçada, pode ter alguém de passagem. Vão sair na Cardeal Arco Verde. Tome, peguem um táxi, não façam nada contra o pobre do taxista.

Bruno aquiesceu, apanhando o dinheiro da mão da providencial amiga.

— Desçam a rua, no quarteirão seguinte, no HC, tem bastante táxi para tirar vocês daqui em segurança. Não fiquem perambulando por aí, passam das três, como já falei, se esquecerem da hora, correm o risco de fritar no sol. Boa sorte.

A mulher lançou um sorriso para a dupla e deixou a sala.

Os dois trocaram um olhar, depois olharam para a janela basculante semi-aberta. Não tinham outra escolha.

CAPÍTULO 13

A vampira abriu os olhos. Sua existência ainda trilhava o deserto da eternidade mundana. Seus olhos verde-esmeralda varreram o ambiente. Viu o rapaz sentado num amontoado de blocos velhos junto a uma janela por onde entrava farta a luz da lua. Olhou para o lado. Paola estava imóvel, com os olhos cerrados e pálida como leite. Aléxia viu marcas horríveis recobrindo os braços, parte do peito e os ombros da companheira. Ato reflexo, levou os dedos ao rosto. Sua primcira lembrança efetiva dos últimos momentos de consciência chegavam à sua mente imortal. Seu rosto ardia, bem como todo o seu corpo nu enquanto era carregada por alguém... esse alguém era o rapaz que estivera preso no galpão de Quitaúna junto dela. O sol! Tinha sido pega pelo sol! Aléxia sentiu ondulações em seu rosto, o estômago contraiu em resposta. Sua pele estava excessivamente grossa. Vasculhou o lugar com o olhar. Precisava saber no que se havia transformado. Aquilo não podia ser!

Hélio deixou a janela e se aproximou calmamente.

Aléxia, tão transtornada, não tinha percebido o rapaz se mexendo. Arreganhou a boca, exibindo os dentes.

— Eu achei que você ia querer isso. — disse, estendendo um pedaço de vidro para a vampira.

Aléxia apanhou o pedaço de vidro, pouco maior que sua mão. Encarou o garoto vampiro um instante. Era um espelho. Aléxia mirou seu reflexo. Sua visão no olho esquerdo estava comprometida. Duas lágrimas vermelhas surgiram nos olhos da vampira. Não podia ser verdade. Aquilo não estava acontecendo. Desceu um pouco mais o espelho. As cicatrizes tomavam mais da metade de seu rosto e parte do pescoço. Assustada e transtornada, Aléxia arremessou o espelho contra a parede.

Quem passasse aquela hora da noite nas imediações daquele casebre mal-acabado, próximo às águas da represa Billings, pararia o que estivesse fazendo ao ouvir aquele agudo grito de mulher, poderoso e cheio de aflição.

CAPÍTULO 14

O furgão verde-escuro encostou na frente do IML junto ao Hospital das Clínicas. A porta lateral deslizou silenciosa e quatro homens de Operações Especiais desceram. À frente deles ia o capitão Brites. Seu rosto afilado e duro parecia cansado. Entraram no prédio do IML acompanhados de olhares curiosos. Era raro ver soldados do Exército por ali. Os quatro vinham com toucas de lã verde escuras na cabeça. Entraram na sala de atendimento ao público e logo foram recepcionados por uma senhora que já os aguardava.

— Por aqui, senhores. — disse a mulher, conduzindo-os até um corredor.

Brites e seus homens avançavam. O capitão só precisava confirmar o fato para conseguir o que queria. O país, o mundo ia entrar em polvorosa, não restavam dúvidas. A coisa toda mudaria. O poder de decidir as táticas de operação estaria em suas mãos. Ninguém estava mais preparado do que ele para lidar com aquilo. Não ansiava por aquele alvoroço, não, de forma alguma. Porém, o mal estava se alastrando, e se não fosse contundente e bravo nesta hora, tudo sairia do controle. O mal não tinha acabado no alvorecer daquela madrugada em que Sétimo e seu bando invadiram Quitaúna.

— Assim que o carro trouxe os dois não restaram dúvidas. Se o doutor não tivesse ligado, eu mesmo ligaria, credo em cruz. — disse a mulher, virando ao final do corredor e seguindo por outro mais curto.

Chegaram a uma porta. Entraram no necrotério. Dois corpos nas mesas de azulejo. Dois jovens.

— Eram bandidinhos esses aí. Foi o que disse o policial que os trouxe. Estavam sem RG, mas os dois estavam armados. Três revólveres. Tentaram fazer o último roubo deles. Azar o deles, sorte nossa.

— Gente estúpida... — balbuciou Brites, quase inaudível.

O capitão do Exército circulou os corpos. As marcas eram evidentes. Estavam pálidos, exauridos. Sem uma gota de sangue nas veias. Mordidas nos pescoços e nos pulsos, artérias abertas. Certamente atacados por um bando inteiro, talvez uns dez vampiros. É, decididamente aquela história de vampiros não tinha acabado. A prova cabal estava ali, bem na frente dos seus olhos experientes. Ao menos não tinha nada de gelo nas criaturas. A história dos malditos portugueses, ao que tudo indicava, tinha dado uma trégua. Nada de tempestades sobrenaturais, nada de neve em São Paulo. Mas a infecção tinha se alastrado. Vampiros atacavam gente na rua. Está certo que aquela dupla tinha encontrado um final bem merecido, mas a coisa não ia parar aí, Brites sabia. Sabia.

— Isso aqui tá um inferno, doutor. — continuou a mulher.

Brites afastou-se dos mortos e sinalizou para seus homens. Tomaram rumo do corredor.

— Vocês são de Osasco, né? Da terra onde os mortos levantaram, não é? — perguntava a funcionária do IML, indo atrás deles. — Só que isso não tá acontecendo só em Osasco, não.

Brites estacou, parou como se tivesse sido mordido por um bicho. Virou e encarou a mulher.

— O que você viu? Onde viu?

A mulher se encolheu, intimidada com os olhos frios do militar e seu súbito interesse em suas palavras. Teve a impressão de que estava falando demais.

— Foi aqui mesmo, senhor. — começou a explicar. — Esses

dias recebemos os cadáveres de uma invasão e assassinato. Dois deles desapareceram.

Brites começou a andar em direção à mulher, fazendo-a encolher ainda mais.

— Desapareceram?

— Sim. Uma hora estavam aqui, mortinhos da silva, noutra, sem ninguém saber como, simplesmente evaporaram.

— Explique isso direito. Com bastante calma.

— O carro do IML trouxe, naquela noite, um senhor assassinado nos Jardins. Acho que vieram dois seguranças mortos também, mais os dois bandidos, dois adolescentes, novos como esses aí. Esses dois bandidos foram os que desapareceram.

— Eles tinham sinais estranhos como esses aqui?

— Não, senhor.

— Tinham mordidas ou estavam sem sangue no corpo?

— Não, senhor. Só desapareceram. O esquisito foi isso.

Brites assentiu e deu as costas à mulher. Pouca informação para confirmar ligação com sua tarefa.

— Peça ao legista para mandar um relatório com o volume de sangue encontrado nessas vítimas. Preciso saber desse pormenor.

O capitão desapareceu no corredor enquanto a mulher balbuciava um "sim, senhor".

Brites retornou à viatura e apanhou o celular com o motorista. O furgão verde-escuro deixou o IML e rumou para a avenida Rebouças. A ligação que o capitão fez foi completada.

— General, desculpe incomodá-lo, senhor, mas o caso é sério.

— Prossiga, capitão.

— Está tudo confirmado, senhor. A situação está prestes a sair do controle. Requisito energia máxima para sanar esse problema.

— Acha mesmo necessário levar isso adiante? Posso chegar em Brasília em duas horas.

— Necessário, não, senhor: Imprescindível! Imprescindível.

O capitão desligou o telefone e olhou para o soldado ao volante.

✠ ✠ ✠ ✠ ✠ ✠

O civil de terno e gravatas olhou satisfeito para o gráfico verde na tela do computador. Seus olhos se detiveram um instante sobre o brasão do Exército. Olhou através das janelas ao redor de sua sala de vidro. Oitenta posições de atendimento à sua frente. Todos os computadores e linhas operando magistralmente. Aquele *call-center* era uma obra de arte. Todos os testes respondendo positivamente. Capacidade para atendimento média de doze mil ligações por hora.

A trava da porta a suas costas disparou. Dois militares entraram. Os homens aproximaram-se do civil, deixando o olhar vagar pelo *call-center*.

— Está tudo pronto?

— Tudo pronto, capitão. Pode trazer os funcionários para o teste.

— Soldados, Almeida! Soldados! — corrigiu o segundo militar.

O capitão Brites aproximou-se do computador olhando para os gráficos.

— Capitão, dois de seus homens serão treinados para operar o monitor. Não é nada difícil. Só quando o fluxo de ligações é muito alto, mas o *software* empregado auxilia o gerenciamento da fila de chamadas. Todas chamadas que estiverem mais de dez segundos em espera serão mostradas neste *flag* aqui... esse quadradinho. O senhor poderá setorizar as chamadas, priorizando as chamadas por região, como pedido.

— Deixe ajustado para atendermos primeiro as chamadas de São Paulo e arredores do Rio Grande do Sul. Esses dois pontos precisam de máxima prioridade por enquanto. E Deus queira que continue assim.

— Os soldados que estiverem ligados ao sistema aparecem nessas três listas. Tendo oitenta soldados no atendimento, aparecerão oitenta nomes. Quem estiver em espera, ou seja, sem atender nenhuma ligação e com a posição bloqueada eletronicamente, para tomar um café, ir ao banheiro, conversar com o funcionário do lado...

— Soldado! — corrigiu novamente o tenente que acompanhava a explanação.

— ... conversando com o soldado do lado, os nomes aparecerão em amarelo. Quem estiver em atendimento, falando com alguém do outro lado da linha, aparece em azul. Quem estiver livre, em verde. As legendas estão aqui, na própria tela. — indicou Almeida.

Brites olhou novamente através da janela, observando a ampla sala com as oitenta posições de atendimento alinhadas em oito fileiras com dez monitores cada uma. Tão acostumado a metralhadoras e pistolas, explosivos e esforço físico para combater o inimigo, via-se agora diante da mais nova arma adquirida pelo Exército para combater a nova ameaça ao território brasileiro. Brites, desde o primeiro confronto com os vampiros do rio D'Ouro, havia se tornado uma espécie de autoridade interna no assunto, depois, com as bem-sucedidas campanhas contra a legião de Sétimo, tornara-se o guerreiro principal, uma referência dentro da casa militar. A nova arma nada tinha a ver com disparos ou combate corpo a corpo. Era uma arma estratégica, uma despesa extra para garantir que o mal estivesse de fato ou fosse completamente extinto. Alguns companheiros do comando duvidavam que vampiros haviam restado depois da batalha de Quitaúna, em que dezenas das criaturas malditas foram incineradas com a chegada do sol. Mas Brites não acreditava que teriam tido tanta sorte. Seu trabalho era não se dar a esse luxo. Tinha de se antecipar. Tinha certeza de que alguns dos malditos haviam se safado e estavam por aí, buscando sangue. Um deslize e estariam na mira de sua arma. Um passo em falso e seriam selados em jaulas de prata. A Brites foram disponibilizados recursos financeiros para garantir a extinção desse tormento. Armamento de ponta, adaptações com o uso da prata, autorizações para despesas, como a construção daquele caro *call-center*. Tudo para interromper a ação dos vampiros.

— Desculpe, capitão. Sei que esse projeto corre em sigilo, que a direção da minha empresa pediu a máxima discrição, mas estou morrendo de curiosidade. Para que vai servir esse *call-center*?

Os militares trocaram um olhar. Depois Brites virou-se para o homem de terno e disse:

— Para caçar.

— Caçar? Caçar o quê?

— Em algumas horas você verá, filho. Verá tudo pela TV.

O capitão e o tenente deixaram a ilha de comando do *call-center* sem dar mais explicações para o perplexo prestador de serviço.

CAPÍTULO 15

Chegaram ao bar sem chamar a atenção. A periferia da cidade estava bastante agitada, com um vaivém animado de gente pelas ruas. Do outro lado da avenida Ipanema passava um longo grupo em procissão, rumando para a igreja. Dois homens carregavam um altar que trazia a imagem de Nossa Senhora de Fátima. Crianças corriam junto com a procissão, dando mais atenção às brincadeiras de pega-pega do que aos cânticos para a santa.

Leonardo, com pequenas e imperceptíveis gotas de suor brotando na testa, perguntou para Ginho quanto dinheiro tinha na carteira. O rapaz contou as notas. Não era muita coisa.

Leonardo olhou para o céu. Recriminava-se toda vez que olhava a Lua imensa subindo do horizonte e tomando seu lugar no firmamento. O estômago contraía e ele sabia exatamente o que aquilo queria dizer. A mutação viria cedo ou tarde. Não tinha como evitar a transformação do corpo naquela noite. A primeira noite de lua cheia do mês era o dia em que o satélite natural do planeta refletia mais luz do sol para a Terra, reduzindo imensamente os poderes dos vampiros lupinos, impedindo que o corpo refreasse a fera insana que habitava suas entranhas. Essa fera pouco se importava com lugar e oportunidade. Ela queria sair para saciar a fome. O desejo de morte. Queria estraçalhar ossos entre os dentes. Não estava nem aí para o sangue que o vampiro clamava, queria era arrancar nacos enormes de couro e carne e engolir todo ser humano que aparecesse em sua frente. Mas tinha dado ouvidos para Anelise e Mari que estavam doidas para ir até a cidade. Leonardo, apesar de líder da matilha era um garoto também. Acabou cedendo e agora se via arrependido, sabendo que a alegria e descontração do passeio acabaria em questão de poucas horas.

— Vamos entrar e sentar um pouco. — pediu Mari, puxando Leonardo pela mão. — Eu gosto tanto dessa música.

Leonardo não acompanha a menina. Olha para o chão, vendo sua sombra projetada na calçada. Mari insiste e puxa Leonardo novamente.

— Vamos, Leozinho. O que está acontecendo com você? Não está se sentindo bem?

— Nao é nada. É só um mal-estar.

— Vamos ouvir a minha música. Você está muito pálido, viu? — brincou Mari, colocando o dedo no nariz de Leonardo.

Todos riram.

Leonardo, para surpresa de todos, apanhou a mão de Mari ainda no ar, e puxou-a para junto de seu corpo emitindo um rosnado ferino.

— Vamos ouvir sua música, garota. Mas não vamos demorar. Nao podemos demorar. Entenderam? — repetiu Leonardo, olhando cada um dos três nos olhos.

Ginho e a namorada Anelise trocaram um olhar sério, enquanto Leonardo soltava Mari de seu súbito agarrão.

Mari balançou a mão no ar, visivelmente assustada e mostrando que tinha sido machucada pelo garoto.

— Desculpe, Mari. A luz da lua tá me dando um mau humor danado.

— Nao esquenta, cara. Eu desconto quando estiver na minha TPM. Curta a sua aí.

— Homem com TPM? — perguntou Ginho, sem entender a brincadeira da amiga.

— Homem, não, tolinho. Lobisomem. No caso do Leo é tensão pré-monstrual.

Anelise e Ginho riram da brincadeira da amiga. Até Leonardo sorriu de leve, tentando se controlar.

Os quatro jovens sorriram descontraídos e finalmente entraram no bar.

Rapidamente um garçom acercou-se para atendê-los. Era um senhor de mais de cinqüenta anos, com uma roupa toda branca e com o logotipo da lanchonete no bolso da camisa. Com um sorriso cordial olhou para os garotos e levantou um bloquinho de notas para o pedido.

— O que vai ser, meus jovens?

Anelise apanhou o cardápio já na mesa enquanto Mari olhava em volta.

Anelise escorregou o dedo pelo menu e perguntou:

— Sabe essa porçãozinha de picanha?

— Uma delícia, senhora.

— Pode ser bem vermelhinha?

— Claro, senhora. Peço malpassada e no capricho.

— Ótimo. Por enquanto é só isso o que vou comer. — disse a jovem exibindo um sorriso e detendo-se um instante com os olhos no pescoço projetado para a frente do senhor, a veia do homem pulsava rápido.

— Molho de alho acompanha o prato? — sugeriu o garçom.

Anelise voltou do olhar demorado, como quem volta de um pensamento vago e delirante. Ia declinar, contudo o líder do bando foi mais rápido e contundente.

— Não! — gritou Leonardo, em resposta.

As pessoas das mesas ao redor pararam de conversar para olhar para o garoto.

Leonardo estava mais pálido do que nunca e o abdome subia e descia rápido, como se sofresse do sistema respiratório. Os vampiros, que nunca transpiravam, viam o amigo derramar-se em bicas, do seu queixo o suor gotejava, molhando o bico da mesa e escorrendo para o chão.

O garçom, que permanecera atônito e sem ação por alguns segundos, ficou encarando o jovem que lhe parecia bastante doente. Voltou a colocar a caneta no bloco de notas e riscou alguma coisa.

— O.k. Uma porção de picanha sem alho, então.

— Drogado filho da mãe. — resmungou alguém na mesa ao lado.

Ginho encarou os olhos do sujeito. Se ele queria confusão, tinha acabado de encontrar.

O homem, acompanhado de mais três amigos, não baixou os olhos enquanto o rapaz o encarava. Estava cansado daqueles adolescentes chapados que chegavam nos bares fazendo algazarra e arrumando encrenca, cheios de droga no sangue.

Ginho virou-se para a frente, quando sua namorada tocou sua mão.

— Não fica encarando ele, não. — pediu a menina, dengosa. — Nem comi minha picanha ainda. Faz tempo que a gente não tem uma noite normal. Deixa esses tiozinhos pensando que estão apavorando.

Ginho conteve o ímpeto de virar para trás e lascar a mão na cara do bocudo. Já que Anelise queria um pouco de sossego, não custava nada tentar. Continuou virado para a frente e em menos de um minuto já estava rindo com as amigas. No entanto, seu olhar ia sempre para o chefe do bando. Leonardo continuava com suores marcando o rosto e agora tinha-se dobrado para a frente, como se aquela posição trouxesse alívio para seu desconforto. Ginho continuava observando o amigo, quando sentiu algo estranho na barriga. Bem lá no fundo. Algo como uma ondulação seguida de um repuxão dolorido. Respirou fundo, tirou os olhos de Leonardo e pousou-os em Anelise. Era impossível não se sentir bem olhando para os olhos negros e risonhos da namorada.

Na mesa ao lado os homens também pareciam ter esquecido o incidente. Tinham comentado alguma coisa sobre a palidez cadavérica daquela garota branca, mas logo voltaram a se entreter com as imagens da partida de futebol. O São Paulo enfrentava o River em mais uma rodada da Libertadores.

Os xingamentos começaram quando a transmissão da partida foi subitamente interrompida e faixas amarelas surgiram sobre um fundo verde em conjunto com o brasão da República.

Vários espectadores arremessaram bolinhas de guardanapos amassados no televisor. Alguém pediu para aumentar o som da TV e baixar o da música. Era o ministro da Defesa que discursava e não o presidente. Era alguma coisa fora do comum que acontecia.

Um dos garçons olhou para o gerente do bar que aquiesceu e então pegou o controle remoto e colocou em alto volume.

Anelise olhou para os amigos e fez beicinho, se queixando da interrupção da música.

O ministro da Defesa falava do caso de Osasco e do sul. Falava dos mortos-vivos estocados em Quitaúna. Falava de coisas que o Brasil nunca tinha ouvido. De repente, um silêncio sepulcral tomou conta do bar. Os freqüentadores, estáticos e perplexos, ouviam a declaração de boca aberta. Diziam que o Brasil lidava com uma nova doença. Algo jamais visto no mundo. Uma doença que fazia os infectos empalidecerem. Uma doença que tornava os infectos violentos e perigosos. Era firme em dizer que não havia outra solução senão a interferência direta e efetiva do Exército. Segundos depois a imagem do ministro da Defesa desaparecia e dava a vez a um general sisudo, cabelos cheios e grisalhos e sobrancelhas longas. O homem instruía a população. Ao menor contato ou suspeita de contato com um infecto deveriam chamar o número que surgiria em instantes na tela. Deveriam informar as autoridades. Era obrigação de todo brasileiro, todo cidadão ajudar na contenção dos infectos. Tão logo lidassem com isso, logo se veriam livres do mal. Em hipótese alguma deveriam entrar em confronto direto com um doente. Em hipótese alguma deveriam abrigar os doentes. Os infectos eram violentos e quando em estágio evoluído da doença sofriam das faculdades mentais, mordendo as pessoas, tirando sangue. O pronunciamento continuava, bem como a perplexidade dos ouvintes.

Os garotos vampiros também tinham os olhos grudados na tela. Apenas Leonardo permanecia curvado e incapacitado de escutar o que se passava. Anelise tirou os olhos da televisão e olhou para o amigo. Seria possível que aquilo estivesse acontecendo? Via pêlos marrons escuros nas mãos do garoto. Anelise engoliu em seco. Olhou para toda aquela gente no bar. Por conta do inusitado pronunciamento não estavam prestando atenção em Leonardo. A garota olhou para a rua. Podiam sair de fininho levando Leonardo. Assim se safariam de uma confusão maior. Anelise pensou, mas mais uma vez não teve tempo de pôr em prática, pois foi interrompida pelo gentil senhor que os servia.

O garçom voltou até a mesa deles com a porção de picanha sangrenta. Parou com a bandeja na frente dos jovens e começou a descer os pratos. Desatento e tomado pela curiosidade como todos no bar, arrematou o serviço com uma pequena cumbuquinha com molho. Molho de alho.

Sentindo o cheiro do tubérculo amassado, picado e regado com azeite e cebolas, Leonardo ergueu os olhos para a mesa. Agarrou a cumbuca de barro e emitindo um rugido gutural arremessou-a contra a parede do outro lado do bar. A vasilha espatifou-se em mil pedaços, e porções do molho voaram sobre alguns fregueses que se levantaram prontamente gritando com o rapaz. De repente, a atenção saiu da televisão para a ação, ali, ao vivo.

A mesa dos homens que tinham encarado os vampiros anteriormente foi a que se inflamou primeiro. Os homens partiram para cima de Leonardo.

— Escuta aqui, ô palhaço drogado, vai ter seus chiliques lá no inferno! Pára de graça com a gente!

Um dos homens levou a mão à coronha de uma arma sem ser notado por ninguém.

Leonardo já tinha baixado a cabeça e tremia dos pés à cabeça tentando frear a mutação. Sabia que se a fera interior fosse solta, aqueles homens iriam tirar um cochilo no necrotério aquela noite.

— Olha pra mim quando eu falo com você, ô moleque! — gritou o maior dos homens, empurrando Leonardo.

Leonardo foi ao chão e não se levantou. Ginho e as meninas se levantaram, encarando o quarteto de homens.

— Escuta meu conselho, cambada de fedelhos. Paguem a conta e carreguem esse vagabundo daqui. Nossa cidade está infestada de drogados que nem vocês, que ficam passando essas merdas na cara pra parecer fantasmas e ficam andando com roupas pretas.

— Rapa fora! — gritou outro, empurrando o ombro de Ginho.

Mari não esperou mais. Desferiu um tapa potente no rosto do agressor.

O homem, surpreendido pela força incomum da menina, dobrou a cabeça e o corpo para o lado.

Os outros três interferiram imediatamente, um segurou Ginho e outro agarrou Anelise e arrastou-a para o meio do bar. O restante dos fregueses começaram a gritar e a xingar os adolescentes. Queriam que eles fossem postos para fora.

Ginho, ao ver a namorada agarrada pelo sujeito, desvencilhou-se com um chacoalhão do homem que o segurava e partiu para cima do outro. Agarrou-o pelo ombro e jogou-o por cima da mesa. Um dos valentões aproveitou o menino de costas e imobilizou-o, enquanto o que tinha caído voltou a ficar de pé. Esse começou a desferir uma sucessão de socos em Ginho.

Mari fez menção de partir para ajudar, quando foi segurada por Anelise que fez um sinal para que ela aguardasse. Anelise sorriu para a amiga e piscou.

No meio da baderna generalizada, Ginho recebia seguidos socos no rosto e no estômago. O agressor, cansado de tanto bater, parou e olhou para o rapaz. Para surpresa de todos que assistiam, o garoto levantou a cabeça, sem marca alguma e sorriu para o valentão.

— Já cansou, tio?

O homem arregalou o olho e, enervado, pegou uma garrafa de cerveja e estourou-a na cabeça do garoto.

Ginho levantou a cabeça novamente, o cheiro da bebida encheu suas narinas e o líquido empapou seu cabelo. Quando encarou o agressor, mantinha o sorriso nos lábios.

— Adoro quando essas coisas acontecem. Aquecem meu sangue.

Ginho chacoalhou-se novamente, livrando-se do homem que o segurava. Seus olhos ficaram vermelhos e foram captados pelo homem que o esmurrara. Ginho deixou as unhas se alongarem e desferiu um soco no rosto do sujeito. Barulho de ossos se partindo. O homem rodopiou de lado e caiu em cima de alguns clientes, dentes soltos e sangue voaram da boca do infeliz que caiu estrebuchando no chão.

Assustados com a violência, alguns clientes saltaram os muros que guarneciam o salão, puxando suas namoradas pelo braço.

Nessa altura, o gerente do bar saltou detrás do balcão com uma escopeta na mão.

— Todo mundo quieto! Todo mundo parado! — gritou, apontando a arma para o vampiro e para os encrenqueiros.

Ginho não obedeceu prontamente. Virou-se e agarrou pela garganta o homem que tinha começado a baderna. O valentão tremia feito vara verde e sangue escorria de seu pescoço ferido pelas unhas longas do rapaz. Ao ser erguido do chão começou a sufocar. Mulheres choravam, e imprecações e deixa-disso eram lançados no salão.

O gerente chegou perto de Ginho e mandou ele soltar o homem.

— Agora que vocês começaram, vão ter de terminar. — sentenciou friamente o garoto.

O gerente não acreditou naquela audácia e engatilhou a escopeta. Porém, antes que pudesse fazer qualquer coisa a arma desapareceu de sua mão após um movimento rápido de Anelise.

— Calma aí, tio. Não quero ver ninguém fazendo dodói no meu namorado.

A vampira empunhou a escopeta e desengatilhou a arma.

Todos quietos um instante. Um tiro explodiu dentro do bar. Gritaria. Os vampiros ficaram imóveis um instante.

Um homem com um trinta e oito tinha apontado para a vampira e puxado o gatilho.

— Ai! — gemeu Anelise, com um furo no peito, cambaleando para trás e levando a mão à ferida, largando a arma no chão.

— Ane... — murmurou Mari para a amiga.

Ginho ficou com a feição atordoada e temeu pela namorada atingida. Soltou o pescoço do encrenqueiro, deixando o corpo estabacar-se no chão. Virou-se para a garota, com os olhos arregalados.

Anelise deu mais dois passos para trás e começou a respirar apressadamente.

O homem que tinha atirado tinha prendido a respiração na hora do disparo. Agora puxava ar para o pulmão. Respiração lenta e pesada. Seus olhos estavam fixos no ferimento da garota. O tiro tinha sido no coração. Ele era policial. Sabia como isso funcionava. Era para ela estar caída, sem forças, morrendo.

A vampira deixou a mão sobre o ferimento. A roupa sujou-se de sangue.

— Ai... Jorginho... meu peito tá doendo. Tá doendo.

— Calma, amor. Calma. — disse o vampiro, aproximando-se da garota e tapando a ferida com a mão.

Mari olhava fixamente para o policial com o revólver estendido. Agora ele apontava para Ginho.

Os fregueses mantiveram silêncio mais um instante. Só a TV em alto volume quebrava a atmosfera, soltando frases soltas. Infectos eram violentos. Telefonem para o Serviço de Contenção. Não confronte os infectos. Não há motivo para pânico, desde que tomem cuidado.

Repentinamente o torpor que embalava o salão desapareceu. Um rugido inesperado fez vibrar os vidros do bar. Mesas voaram do canto onde Leonardo fora deixado caído. Diante da platéia incrédula, um lobo se ergueu arremessando mesas e cadeiras para todos os lados.

Pessoas voaram pelos muros. O gerente e os garçons nada puderam fazer. O policial tornou a arma para a aberração. Disparou os cinco tiros restantes. Todos certeiros. Todos na cabeça do bicho... e foi o mesmo que nada.

Leonardo voou para o outro lado do salão e, antes que o policial baixasse a arma e entendesse o que sucedia, engoliu o braço do atirador, fechando a mandíbula no ombro do sujeito. Sem o braço e com o sangue esguichando da imensa ferida, o homem caiu para trás. Gritos de horror e correria se sucederam no segundo seguinte e em menos que cinco segundos se passassem não havia mais viva alma dentro do bar. Nao havia viva alma porque o policial tinha a cabeça na boca do lobisomem e o restante dos presentes eram três vampiros malditos. Leonardo, sobre quatro patas, foi até a calçada e olhou para o céu. A lua incrível brilhava no alto. O lobo ficou em duas patas e uivou longamente. Dentro do bar, Mari tirava a roupa enquanto sua pele se cobria de pêlos marrons claros. Anelise caminhou com dificuldade até o corpo dilacerado do policial e passou a sorver do seu sangue. A dor diminuía conforme se alimentava. Ginho não tinha mais as feições de moleque. Seu rosto estava espichando e dentes grotescos rasgavam seus lábios sangrentos. Em menos de dois minutos quatro lobos estavam nas ruas de Sorocaba.

CAPÍTULO 16

Yuli chorava e segurava a cabeça de Marcos entre os joelhos. Tinham ido até a rodoviária de Osasco para comprar passagens para Porto Alegre. De uma hora para outra o namorado começou a suar frio e a se contorcer. Atravessaram o túnel por baixo da estação do centro e caminharam pelo calçadão. A garota estranhou. Quando passaram da primeira vez, rumo à rodoviária, aquele lugar estava uma algazarra. Agora estava quieto demais. Muita gente parada na frente da loja, de costas para o movimento das calçadas e do largo. Yuli, preocupada com Marcos que piorava, conduziu-o para dentro de um *shopping center*. Sua atenção foi absorvida de uma forma que não deu mais atenção para o estranho comportamento dos vendedores e clientes de lojas de eletrodomésticos. Não havia balbúrdia alguma. Estavam todos parados. No Ponto Frio, Casas Bahia ou qualquer outra loja as pessoas estavam com os olhos grudados nas telas de TV.

Quando entrou no *shopping*, Yuli praticamente carregava o garoto. Marcos sentou-se num banco por coisa de cinco minutos, daí seus olhos viraram e ele começou a babar. Yuli tentava disfarçar quando seguranças passavam perto olhando para o rapaz. Numa oportunidade arrastou-o para um dos banheiros do *shopping*. Levou-o até o banheiro feminino e agora estava lá, chorando, com Marcos estendido no chão e contorcendo-se cada vez mais. Yuli não sabia o que fazer. Não podia deixar que levassem o namorado para a enfermaria.

Não detectariam batimentos cardíacos, nem medição da pressão arterial, pele fria. Marcos seria arrancado dela. O garoto soltou um gemido quando duas mulheres e duas menininhas entravam. As garotas assustaram-se, as mulheres falaram qualquer coisa. Yuli gritou, enraivecida, espantando-as. Sabia o que acontecia com Marcos. Era a primeira lua cheia do mês. Perderiam a forma humana e o autocontrole por algumas horas. Por alguns momentos seriam apenas bestas feras, peludas e recheadas de dentes afiados para espalhar a morte e saciar a fome e a sede. Segurou a cabeça de Marcos com mais firmeza. Ele batia o crânio com tanta força que o piso de cerâmica rachou com as pancadas. Homens gritavam do lado de fora avisando que iam entrar. Yuli gritou de volta procurando ganhar tempo. Correu até a porta e enfiou o cabo de um esfregão que estava num carrinho de limpeza. A porta foi travada, mas não ia durar muito. Olhou para os lados. Nao sabia o que fazer. Olhou-se no espelho. Um calafrio subiu por sua espinha. Nunca tinha visto a si própria daquela forma. Suas orelhas estavam longas e pontiagudas e seus olhos tinham mudado um pouquinho de posição. Ela também estava se transformando, no entanto não sofria espasmos e falta de controle como o namorado. Arrancou o aparelho elétrico de secar as mãos da parede e arremessou-o contra o espelho. Sete anos de azar. Ouviu o cabo da vassoura quebrando. Nao deixaria Marcos ser capturado.

Dimitri atendeu o celular. Era um dos funcionários do Sofia. Estava passando um endereço. Tinha de seguir imediatamente para o *shopping* do centro. Diziam que uma garota pálida como leite estava arrumando o maior furdunço. Dimitri avisou Tobia que vinha no banco de passageiros. O caçador de vampiros lia atentamente as notícias num *site* da Internet. Nao podia acreditar que os militares estavam indo na contramão da situação e assumindo abertamente que o país estava sendo ameaçado por vampiros. Não tinham dito "vampiro" com todas as letras, mas era só ler atentamente a descrição que davam para os infectos. Dentes pontiagudos, pele pálida, comportamento violento. Não precisavam dizer mais nada. Em questão de horas a notícia correria o mundo e os olhos de todos se virariam para o Brasil, para Osasco e para o sul. Era de se esperar que tentassem encobrir o fato a todo custo por conta da onda de terror que assolaria a nação. Mas Tobia sabia que os Verdes teriam de admitir isso e muito mais nos dias seguintes. O caso de Amarração e a neve em Osasco ainda eram episódios frescos na memória dos meios de comunicação. E justo agora, quando o Exército assumia abertamente o combate aos vampiros, uma ligação caía de bandeja no colo deles, entregando o primeiro caso desde a noite em que Tobia, bravamente, havia decepado a cabeça de Sétimo.

Yuli arremessou-se contra a porta, fazendo-a estourar ao inverso, retorcendo suas folhas de metal para fora e ferindo dois seguranças do *shopping*. O corredor imediatamente depois da porta era estreito e essa estreiteza converter-se-ia em vantagem para a vampira. Yuli deixou seus olhos brilharem e urrou afastando os curiosos que tinham chegado até ali. Acocorou-se esperando que algum valentão reiniciasse o ataque.

O chefe de segurança, que tinha acabado de ouvir o pronunciamento do ministro da defesa e também do general não podia acreditar no que ouvia pelo rádio. Achou que era um dos seus colegas pregando uma peça, só por causa do recém-divulgado número do Serviço de Contenção. Contudo, assim que olhou para a câmera de vigilância e viu dois dos seguranças sendo carregados para a enfermaria, um com o braço dobrado e balançando e outro com o nariz vazando sangue como se tivesse um registro aberto na narina, não pensou duas vezes. Discou para os números que brilhavam na tela. O número chamado tocou uma vez e antes da segunda uma voz austera o atendeu. O chefe de segurança identificou-se e passou a situação. A voz não questionou e não fez rodeios, tomou nota do endereço do *shopping* e avisou que uma equipe do Serviço de Contenção seria enviada.

Três furgões que cruzavam agora o viaduto metálico, cartão postal da cidade de Osasco, receberam o chamado. No bojo de uma das viaturas ia o tenente Welington, responsável pela equipe de vinte e um homens. Os furgões aceleraram cantando os pneus, fizeram o contorno em frente ao Teatro Municipal e voltaram a toda velocidade para o centro de Osasco.

Dimitri freou o Comodoro e jogou o carro para cima da calçada. A menina na barraca de churros gritou assustada. Dimitri, com o seu inseparável sobretudo negro e touca na cabeça atravessou a rua enquanto Tobia, com um sobretudo de couro marrom, descia do outro lado. Quando o caçador ficou de pé um homem parou na sua frente e bloqueou a passagem.

— Você não pode deixar esse carro aqui, assim, de qualquer jeito.

Tobia abriu o casaco e deixou o sujeito entrever as duas pistolas presas à peça de couro, junto com meia dúzia de estacas e duas garrafas de água benta.

O homem abriu passagem, ainda com o braço erguido sem saber o que dizer.

Das portas de vidro do *shopping* uma enxurrada de gente saía aos berros, evacuando o prédio comercial. Dimitri e Tobia nadavam contra a maré no esforço de chegarem logo até o objetivo. Vampiros.

Duas viaturas de policiais militares, que circulavam no calçadão, foram a primeira força do Estado a chegar ao *shopping*. Sabiam que uma equipe do novo Serviço de Contenção estava a caminho, mas não poderiam deixar a população desamparada até lá.

Dois cabos entraram, empunhando revólveres. Assim que chegaram ao corredor de acesso aos banheiros, depararam-se com a criatura. Era uma garota, com orelhas pontiagudas e dentes enormes extravasando seus lábios. Os olhos do monstro pareciam pegar fogo. Os braços da garota estavam cheios de pêlos grossos e marrons. Era difícil de acreditar, mas parece que mais e mais pêlos estavam surgindo, bem ali, diante dos olhos de todos, fazendo um dos soldados lembrar dos filmes baratos de lobisomem a que assistia desde a infância.

Yuli grunhiu furiosa assim que viu os soldados armados se aglomerando.

— Sabemos que tem um rapaz preso aí dentro. Vá para trás e deite-se no chão.

Yuli obedeceu a primeira parte, indo para trás até encostar-se contra a parede. Sentiu uma dor forte no estômago e caiu de joelhos.

Os dois primeiros soldados se entreolharam e sorriram. A mocinha infecta parecia disposta a colaborar.

Yuli urrou com ferocidade. A dor era insuportável. Suas mãos cravaram-se na cerâmica do chão e seus pés incharam, fazendo o sapato sair de seus pés. A roupa ficou apertada à medida que seus braços e músculos se alongavam. Sua boca espichou rapidamente e os dentes ficaram ainda mais proeminentes. Yuli rugiu repetidas vezes. Gritos ecoavam pelo *shopping* inteiro. Os policiais recuaram, amedrontados. Uma das portas de vidro da entrada estilhaçou, derramando caquinhos pelo chão.

— Isso aí não é uma garota... é um lobisomem... e... e ela não quer colaborar nadinha, Carvalho.

A coisa ficou pior quando uma segunda fera saltou do banheiro, batendo violentamente contra a parede e fazendo uma porção de azulejos soltarem-se e espatifarem-se no chão. A fera juntou-se à primeira e também urrou com ferocidade.

— Ela infectou o pobre do menino... — murmurou o segurança do *shopping*.

O policial não quis esperar mais nada. Descarregou o revólver no bicho que estava mais próximo e rugindo como o capeta ali, naquele corredor.

Yuli e Marcos partiram do corredor para cima dos quatro policiais e meia dúzia de seguranças. Acabaram com a resistência a dentadas. Gritos e desespero. Dor e morte. Sangue para todo lado. Os lobos farejaram o ar e correram em direção à porta de vidro. Seus corpos encantados e gigantescos destruíram os batentes e estraçalharam o restante dos vidros e ferragens. As feras tomaram a rua voltando para o centro.

Dimitri e Tobia viram os lobos destruindo as portas e correram em seu encalço. Atravessaram os restos dos homens com cuidado para não escorregar na piscina de sangue que se formou. Dimitri foi até o meio da rua e disparou no sentido oposto. Não conseguiriam alcançá-los a pé. Tobia, que examinava meticulosamente a cena, viu o soldado tremendo, deitado embaixo de um grande banco. Ele ainda tinha o revólver na mão e não conseguia controlar o corpo. Tobia puxou-o dali e ajudou-o a se levantar.

— Eu acertei todos os tiros, cara. Eu acertei. — lamentou o rapaz.

Tobia ergueu sua pistola e tirou o municiador. Fez saltar uma bala e pôs na mão do soldado.

— Bala de prata, irmãozinho. Contra esse bichão aí você vai precisar de bala de prata. — disse, antes de desaparecer na rua, no encalço de Dimitri.

Os furgões verde-escuros frearam na lateral do *shopping*. O pneu de um deles fez os vidros estalarem sob a borracha. Os vinte e um homens desceram e entraram em formação, com fuzis e metralhadoras alimentados com balas de prata. Tenente Welington não precisou de muito tempo para perceber que o massacre já tinha acontecido e que os vampiros não estavam mais ali. Pediu que quatorze homens voltassem para as viaturas e seguissem até o centro, no rastro do sangue deixado pelos monstros.

O soldado que tinha sobrevivido começou a falar até coisa que não perguntavam.

Informado que as feras estiveram bastante tempo no banheiro das mulheres e no corredor, o tenente para lá rumou. Pistola em punho, seus olhos percorriam o chão. Encontrou retalhos de roupas rasgadas, mas no chão do banheiro encontrou algo muito mais valioso. No bolso da calça que pertencera a um rapaz encontrou duas passagens compradas na rodoviária de Osasco. Destino: Porto Alegre. Podia não saber onde os lobos estavam agora, mas sabia para onde queriam ir.

O Comodoro chegou às ruas de Presidente Altino. Não precisava ser um *expert* para seguir dois bichos daquele tamanho. Era só continuar seguindo a trilha de gente parada e de queixo caído, as velhinhas benzendo-se, as crianças chorando, carros com capô amassados, árvores tombadas. Eles estavam indo em direção ao Hospital Regional. Dimitri acelerou. Tobia rezava, pedindo proteção divina para abater aquelas feras do inferno. Lamentava não estar trajando sua reluzente armadura prateada. Com ela, sentia-se ainda mais próximo de seus ancestrais. Sentia-se validado. Sua confiança triplicava. Mas por outro lado ia ao seu lado o assassino mais experiente em que já tinha botado os olhos. Juntos tinham dado cabo de Sétimo, o que, de forma alguma, era pouca coisa.

Dimitri fez a curva no Hospital Regional cantando pneus. Avistou as feras cruzando a galope o estacionamento do ginásio José Liberatti. Segundos depois Dimitri contornava o monumento esportivo e ia no encalço dos lobos que beirava o muro alto do motel Imperium. Os vampiros saltaram o *guard-rail* e chegaram a um posto de gasolina. Mais alguns saltos e estavam prestes a cruzar o acesso às marginais.

Tobia tinha colocado metade do corpo para fora e puxado a pistola. Mirou no bicho maior e começou a cuspir balas.

Marcos urrava como se desse comandos para Yuli. As balas recebidas no *shopping* não doíam mais nas entranhas. Começavam a correr no sentido da margem do rio onde encontrariam abrigo temporário, quando sentiu as costas queimando e doendo como nunca. Virou-se e viu um carro batendo contra o *guard-rail* e arrebentando a proteção. Era um carro negro, que agora atravessava o posto de gasolina, com um homem para fora que começou a atirar de novo. Outro disparo acertou o lobisomem, que dessa vez uivou de dor. Yuli parou no meio das pistas. Carros a toda velocidade ziguezagueando, freando, buzinando e colidindo. Ouviu Marcos rugir e um disparo de arma de fogo tirar um pedaço de carne e pêlos da lateral do corpo do namorado, sangue voou para a pista. A loba grunhiu raivosa e abaixou o corpo rente ao chão, preparando-se para atacar quando aconteceu algo, rápido e letal. Um caminhão Scania freou repentinamente e começou a derrapar, mesmo assim acertou Marcos em cheio. O cheiro de borracha queimada produzido pela freada infestou a área. Na seqüência, o veículo tombou com estardalhaço, enchendo o asfalto de fagulhas. Sua carga de carros novinhos foram se soltando e capotando na pista. Outros veículos emaranharam-se na rede de acontecimentos e sete segundos depois o cenário era catastrófico. Ao menos quarenta veículos tinham sido engavetados. As freadas continuavam acontecendo, e a onda de paralisação ia se afastando. Yuli vagou entre os veículos. Calotas e rodas rodopiavam no chão. Cinco automóveis tinham pegado fogo.

No posto de gasolina, Dimitri e Tobia desceram do Comodoro com a frente amassada. Armas em punho. Os fregueses, atordoados com tudo, buscaram abrigo na loja de conveniência. Os caçadores de vampiro avançaram em passos firmes. Tobia apontava para o lobisomem do outro lado, que se aproximava devagar, enquanto Dimitri se dirigia ao outro.

Yuli encontrou Marcos. A loba respirava com sofreguidão. Seus olhos pareciam ter sentimento. Ela correu até ele, preso entre ferragens retorcidas, e lambeu a face do lobo. Diante de seus olhos, em velocidade inacreditável o lobo voltou a ser o rapaz. Marcos gemia de dor e arfava como se precisasse de oxigênio. Calado, passou a mão no rosto de Yuli.

— Vai embora, anjo negro. Vai embora.

A loba uivou comprido.

— Eles têm bala de prata. Viva hoje, vingue-me amanhã.

Yuli mordeu o ombro de Marcos o mais delicadamente que pôde e tentou puxá-lo dos ferros. Não seria possível retirá-lo dali sem seccioná-lo. Marcos estava preso.

— Vai, anjo! Eu ordeno!

A loba virou-se e partiu em galope acelerado. A fumaça dos carros em chamas e os veículos tombados não permitiram que as balas do caçador acertassem seu corpo. O cheiro de borracha e gasolina foi ficando para trás enquanto a loba saltava a mureta que separava a pista do rio. Correu pela margem, sem destino, apenas querendo se afastar dos assassinos de seu namorado. Ela voltaria para pegá-los um dia.

Dimitri parou na frente do vampiro e encarou seu rosto pálido e chamuscado.

— Estou preso, tchê. Vocês conseguiram.

— Tô vendo. — redargüiu o Matador, engatilhando a pistola e quase encostando-a na testa do rapaz.

— Acaba com essa merda logo. Tô cansado. Quero voltar pra casa.

Dimitri puxou o gatilho sete vezes.

As sirenes dos furgões verde-oliva escurecidos chegou ao ouvido dos caçadores.

— E o outro? — quis saber Dimitri.

— Se foi. Perdi de vista.

— Tem um exterminado ali atrás. Já é um bom placar para hoje. Esse aí não vai comer mais ninguém.

Tobia olhou para o garoto com os olhos abertos e sem expressão. Abriu o casaco e tirou um facão prateado. Aproximou-se de Marcos e, num golpe só, arrancou a cabeça do garoto.

— Tão novo. Uma pena.

— Pena? Pena vai ser dar a notícia pras famílias dos policiais lá do centro, dizer que não deu tempo de a gente chegar.

As sirenes estavam mais perto.

— Vamos rapar, Tobia, os milicos tão chegando.

— O grupo de contenção? Ah! Onde eles estavam antes desse acidente acontecer? Por que não contiveram essa desgraceira toda? — perguntou-se Tobia, olhando para as pessoas que começavam a sair agora dos carros batidos, ajudando-se mutuamente.

A dupla entrou no Comodoro e partiu sentido a Marginal Pinheiros. Uma saída, um eliminado. Procurariam o outro lobo. Cedo ou tarde alguém daria notícia daquele monstro.

CAPÍTULO 17

Abriram os olhos simultaneamente. Raul fechou a *Cartilha da Escuri-dão*, estivera lendo o compêndio vampírico antes de cair em transe ao raiar do sol.

Alexandre levantou-se da cama, passando por Raul, que se acomodara em um sofá. As grossas cortinas nas janelas não deixavam ver o tempo lá fora. Parecia mais frio que na noite anterior. O garoto de cabelos arrepiados estava ansioso. Teriam Bruno e Patrícia se livrado da enrascada? Teriam chegado em segurança até um abrigo? A ansiedade só aumentava, principalmente pelo fato de essa nova noite ter algo reservado para ele próprio e Raul. Seriam submetidos ao teste do vampiro Ignácio. Poderiam desistir da associação com o vampiro antigo? Poderiam desviar e seguir livres seus caminhos? Algo dizia a Alexandre que era tarde demais. Ignácio frisara naquele primeiro encontro no parque que os vampiros mais velhos detestavam os novatos... seriam alvos dessas criaturas e, começando a conhecer um pouco mais Ignácio, Alexandre não duvidava que corriam o risco de até mesmo as garras do veterano tornarem-se algozes fatais.

Raul foi para a cozinha. Com seus um metro e noventa e dois de altura e seus oitenta e dois quilos, era o mais alto e mais magro da turma. Apesar da figura delgada, era o mais faminto naquele despertar. Seus olhos pousaram na mesa da cozinha. Nada de banquete sangüíneo essa noite. Algo estava errado, podia sentir. Quando o carro se afastara dos arredores da mansão com a chegada da polícia, tinham perdido o sinal dos óculos, não puderam ver através dos olhos dos vampiros o que se passara no interior da luxuosa casa com a entrada dos policiais. Ignácio não demonstrou emoção alguma, afastou-se como se não conhecesse os abandonados e nada tivesse a ver com aquele bulício... como se não fosse o pai adotivo daquela dupla de vampiros perdidos.

Alexandre juntou-se ao amigo na cozinha.

— Não gosto da sua casa, Alexandre. Acho mais legal o apartamento da Patrícia.

— Por quê? — perguntou o vampiro, realmente curioso, uma vez que era o único a possuir uma casa térrea, ao menos duas vezes maior que o apartamento da vampira.

— Porque quando a gente acorda, no apartamento da Patrícia tem sangue posto à mesa... aqui não tem.

Alexandre sorriu.

— Estranho... — balbuciou.

— O quê?

— Estou com vontade de fumar. — disse o jovem vampiro loiro.

Raul ergueu os ombros, não tinha entendido a estranheza.

— Desde que me tornei... você sabe...

— Vampiro?

— É. Vampiro.

— O que tem?

— Eu nunca tinha tido vontade de fumar de novo... agora estou morrendo de vontade de botar um tubo de nicotina na boca.

— Vai ver que no meio do sangue que nos serviram ontem tinha sangue doado por um fumante inveterado.

Alexandre sorriu.

— É. Vai ver que sim.

Os dois voltaram para a sala ampla com piso de madeira e adornos em mármore negro.

— Agora você está sentindo a abstinência do fumante... acho que pelo fato de você ter sido fumante em vida... esquisito a gente ter de falar assim, né... "em vida"... — Raul fez uma pausa, levando um tempo para refletir sobre o comentário inusitado. — ...continuando, pelo fato de você ter sido fumante "em vida". — Raul parou de novo, depois de alguns segundos caiu na risada.

— O que foi?

— Eu não agüento. É melhor eu usar outra expressão. Esse negócio de "enquanto em vida" está me matando! Ah! Ah! Ah!

Alexandre não achava tão engraçado e limitou-se a um risinho amarelo.

— Deixe-me reformular o comentário. O que quero dizer é que como você fumava antes de se tornar vampiro, ingerindo o sangue de um fumante, talvez tenha ativado algumas células sensoriais, alguma reação química nesse seu cérebro de morto-vivo. Agora você quer fumar.

— Nada disso. Acho que é pura ansiedade. Eu não era um fumante incorrigível. Só fumava quando estava ansioso. Antes de uma prova na faculdade, no trânsito indo para uma entrevista de emprego. Sou um cara muito estourado.

O celular de Raul tocou. O vampiro abriu um sorriso.

— Patrícia?!

A voz da amiga chegou ao ouvido. Era ela!

— Vocês estão vivos?!

Silêncio.

— Somos vampiros, esqueceu, não estamos vivos? — satirizou Alexandre.

Raul desligou.

— Estão nos esperando no apartamento da Patrícia. Vamos para lá.

— Faltam cinco minutos para as sete. O trânsito deve estar um inferno na Castelo, na marginal.

— É você quem vai dirigir?

— Se o meu motorista estiver aí, não.

— Então não vamos perder tempo. Quero saber como os filhos da mãe conseguiram escapar daquela arapuca do caramba. Devem ter aprontado uma das boas.

— Somos filhos de Sétimo, seu cabeçudo. Quando a coisa aperta, aposto que o sangue do pivete nos enche de fúria e inspiração.

Raul parou e encarou Alexandre por um momento. O cara de olhos verdes falava a verdade. Eram filhos de Sétimo. Descendiam do vampiro-morcego. Talvez isso fosse bom e valesse de alguma coisa nas horas de conflito. Tinha visto Sétimo lutar meia dúzia de vezes. Era um bicho assassino, sanguinário. Estava certo de que Sétimo sentia prazer ao acabar com os adversários. Torceu para que esse fio estreito com a morte lhe favorecesse quando fosse preciso.

Quarenta minutos mais tarde a dupla adentrava o apartamento de Patrícia. Surpreenderam-se quando viram Bruno aproximando-se sem camiseta. Não pelo ar íntimo que aquela cena conferia ao casal vampiro nem pelos músculos destacados do rapaz, mas pelo estranho furo no meio de seu peito.

— O que foi isso? — perguntou Alexandre.

— O mesmo que isso aqui. — disse Patrícia, aproximando-se do amigo e abrindo a camisa de botão.

Alexandre viu um buraco na pele da vampira no lado direito do peito. Por um segundo seus olhos deslizaram para as formas arredondadas do colo da mulher. Patrícia era uma gata, cheia de curvas e exalava sensualidade.

— Isso foi parte do plano dessa maluca. — reclamou Bruno,

cortando o olhar comprido do amigo. — Alguém quer trocar de parceiro? Essa doida me mata um dia.

Patrícia riu e emendou.

— Morto você já estava. Só aproveitei o embalo para nos tirar de lá.

Raul sorriu.

— Contem logo, como deram o fora daquele lugar! Quando a polícia chegou, Ignácio se mandou, perdemos o sinal.

— Vocês terminaram de ler a *Cartilha*? — perguntou a garota.

Raul e Alexandre menearam a cabeça negativamente.

— Pois deviam. Graças aos ensinamentos de Ignácio conseguimos escapar daquele lugar cercado.

— Como?

— Se vocês olharam o capítulo de manobras de fuga, vão encontrar a descrição de uma ação batizada de "manobra manoelina".

— Que diabos é isso? — indagou Alexandre.

— Nós já tínhamos matado o alvo, mas acabamos cercados pela polícia.

— Isso a gente já sabe. Conta uma novidade.

— Quando percebi que não teríamos como transpor a barreira policial sem estardalhaço, acabei lembrando da manobra que consiste em permanecer no ambiente crítico, deitar-se e...

— Fingir de morto... — balbuciou Raul. — Faz sentido.

— Isso mesmo.

— Engenhoso. — emendou o rapaz.

— Adorei. — juntou Alexandre. — Quero fazer uma manobra manoelina assim que puder. Pou! Pou! Pou! Todo mundo morto. Polícia chegando. Deita no chão e finge de morto.

— Eu detestei. — resmungou Bruno, enfiando o dedo na ferida.

Os vampiros olharam para aquele gesto com ar de repugnância.

— Alguém trouxe sangue? Estou precisando me reabastecer. A *Cartilha* diz que só sangue pode regenerar esses ferimentos.

— Ainda bem que não foi uma bala de prata. — resmungou Alexandre. — Agnaldo, quando estava no covil de Sétimo, falava muito para tomar cuidado com a prata.

— Isso é bem descrito na *Cartilha da Escuridão*. A prata está para nós vampiros como a kriptonita está para o Super-homem.

— Que analogia mais babaca. — reclamou Bruno.

— Você está muito mal-humorado, cara.

— Experimenta tomar um balaço no peito para ver. Agora parou de doer, mas na hora pensei que ia morrer de novo.

— Vou virar um vidro de Maracujina no seu copo de sangue. Cara mais estressado, sô. — brincou Raul, levantando as mãos e olhando para Bruno.

Os sorrisos sumiram dos rostos do quarteto

— Depois fomos levados pelo rabecão. — continuou Bruno. — Colocaram a gente numa geladeira no necrotério junto do Hospital das Clínicas. Credo, cara, que impressão ruim. Aquele monte de defunto, nego mais pálido que a gente. Cê viu aquele cara com uma faca no pescoço?

Patrícia aquiesceu. Sim, tinha visto o cara com a faca no pescoço. A menina atropelada. Uma velha roxa. Sinistro. Tudo muito sinistro.

Ouviram o vidro da sacada deslizar suavemente. A cortina negra e pesada foi arrastada por uma mão branca, de dedos finos e compridos, terminando em unhas pontiagudas. Ignácio!

O vampiro entrou em silêncio.

O quarteto também parou de conversar. Raul e Alexandre sabiam por que o maldito veterano estava ali. Viera buscá-los para a iniciação, o primeiro trabalho.

— Vejo que estão fazendo bem a lição de casa.

Ignácio, alto e magro, envergando o já conhecido sobretudo negro, atravessou a sala. Inspirou fundo e soltou o ar ruidosamente.

Parou em frente de Bruno, fingiu ajeitar os óculos para enxergar melhor e fitou o buraco no peito.

— Continua resistente em saciar a sede? — perguntou, com o costumeiro sorriso cínico nos lábios. — Vai precisar de uns bons goles para consertar esse estrago.

— Sua amiguinha mandou notícias. — cortou Patrícia.

— O pessoal do turno da manhã é bem relacionado. Letícia já recebeu um generoso depósito devido à providencial participação no necrotério. O que você achou de sua primeira missão? Gostou?

— De qual parte.

— Matar. Gostou de matar gente?

Patrícia calou-se.

— Você foi quem atirou primeiro. Isso te promove a líder do turno da noite. Meus instintos nunca me enganam. Você sempre foi minha predileta.

Ignácio caminhou até a vampira. Precisava olhar para baixo para poder encará-la devido à desproporcional estatura. Encarou os olhos castanhos da garota. Levou a mão até os cabelos longos, sedosos e suavemente encaracolados da menina vampira. Sabia o que ela pensava. Podia ler os pensamentos da vampira. Continuou encarando-a até que ela tivesse certeza do que ele estava fazendo, sondando sua mente. Sabia que isso irritava a jovem. Patrícia era um ser que funcionava melhor assim, mediante pressão e desvantagem, medo e opressão.

— Apesar da agência ter perdido o par de óculos e de pistolas, o saldo foi positivo. Assistiram aos telejornais dessa noite?

Balançaram a cabeça negativamente.

— Vocês foram perfeitos. Vão ouvir apenas as lamentações pela morte de um suposto filantropo que deixou essa vida após uma violenta tentativa de assalto. É claro que os jornalistas não pesquisaram corretamente a vida do bondoso senhor Olavo. Não conheciam a parte podre desse homem. — o veterano fez uma pausa e caminhou entre o quarteto antes de retomar a palavra. — Quanto ao desaparecimento dos assassinos... isso ainda nem foi percebido. Logo darão por falta dos corpos daqueles jovens bandidos, mas isso será investigado internamente, uma sindicância, corregedoria, nada público. Se continuarem assim, logo somarão dinheiro o suficiente para uma aposentadoria precoce, antes dos duzentos anos.

Duas horas mais tarde a limusine parou em frente a danceteria, situada ao final da Cardeal Arco Verde. Havia um movimento grande de jovens entrando na casa, buscando música em bom volume, dança e alguém para beijar a noite inteira. O carro negro e reluzente chamou a atenção de muitos que estavam na porta, por essa razão Ignácio ordenou ao motorista que continuasse dirigindo, descendo em direção à avenida Rebouças. Pararam depois de um posto de gasolina. Ignácio desceu acompanhado apenas de Raul e Alexandre. Tinha equipado os vampiros com receptores auriculares conectados a *micro-speakers*, faltariam os pares de óculos especiais que permitiam, além de escutar o que os vampiros escutavam, ver o que eles viam, uma vez que o equipamento havia sido perdido na ação da noite anterior.

Raul estava tenso. Passaria a integrar o time de "assassinos" naquela noite. Sentia-se puxado para um buraco negro espacial. Um caminho sem volta. Sentia que não tinha forças para lutar contra a gravidade colossal exercida por Ignácio que o atraía para aquele implacável horizonte de eventos tal qual o buraco negro suga, inexorávelmente, os corpos ao redor. Ignácio lhe tinha aberto os olhos quanto ao sangue humano. Deixara-o provar um pouco... uma gota teria sido suficiente para seduzi-lo. Sabia que seria inútil lutar. Se quisesse viver tinha de comer... comer, para um vampiro, significava matar. A princípio sentira-se até atraído pela idéia de se fartar no sangue, eliminando aqueles sujeitos bandidos os quais eram apontados e servidos pelo vampiro em sua lista de malfeitores. Mas agora, aproximando-se do lugar onde encontrariam sua primeira vítima, quando teria de cometer um assassinato de fato, chegava até a sentir um nó no estômago. Raul sabia o que todos pensavam dele quando ainda era um carinha normal, sem dentes aguçados. Na vida comum que levava antes o achavam um Casanova de terceira, em desenvolvimento. Um mulherengo incorrigível e pedante. Sabia, já tinha ouvido da boca de muita gente. Sabia que o chamavam de egoísta e narcisista. Admitia que por meses a fio olhava apenas para o próprio umbigo. Que não ligava para os pais, não mandava um *e-mail*. Só ligava quando precisava de mais dinheiro para a faculdade ou para rachar o aluguel do apartamento. Raul abaixou a cabeça. Ele era daquela canalha. Um vagabundo. Um filho da mãe egoísta. Mas mesmo assim estava longe de ser um assassino. Egoístas e assassinos são muito diferentes. Os dois precisam ter sangue-frio, mas é muito diferente. Matar gente. Raul repudiava isso. Não suportava programas de reconstituição de assassinatos, de jornalecos sensacionalistas que estampavam foto de chacinas na primeira página. Não gostava, porque de alguma forma doentia, talvez em seu subconsciente, visse nessas coisas um reflexo de seu ser. Ele era daquele tipo monstruoso, que não ligava pra ninguém. Só não sabia, ainda, puxar o gatilho. Raul olhou para Alexandre, encontrando os olhos frios e calmos do amigo. Alexandre era sempre o mais bem-humorado e brincalhão do grupo e parecia aceitar bem a idéia de em poucos minutos estar tirando a vida de alguém. Raul olhou para os jovens transitando pela calçada, para um grupo entrando na casa noturna. Quem seria o alvo?

— Ele vai chegar, Raul. Tenha calma. — disse Ignácio.

Raul lançou um sorriso amarelo para Ignácio. Ainda não estava acostumado com esse negócio de ficarem "ouvindo" sua cabeça funcionar.

— O miserável que vamos remover da lista hoje, para a satisfação de meu cliente, é uma espécie de agente cancerígeno da sociedade. Vem se agrupar aos jovens para, como metástases maléficas, espalhar o veneno entre as crianças. Fui informado pelo meu cliente de que o alvo, depois de ter instalado bem uma operação em outra casa noturna, virá para cá pela primeira vez tentar espalhar drogas entre a molecada dessa área.

— Canalha. — resmungou Alexandre, enervando-se e fazendo com que os caninos aflorassem involuntariamente.

— Ele se aproxima dos jovens com se fosse um novo amigo. Um mano. Um *brother*. Paga bebidas, dá toda a pinta de bom moço e arma o bote. As garotas se aproximam, os rapazes admiram... a armadilha está pronta; mais e mais rodadas de bebida e começa com a oferta gratuita de cocaína. Incentiva os inseguros a usar o produto, estende a mão com um sorriso para os que já conhecem o entorpecente. Depois do primeiro *tapa*, quando a molecada vem buscar mais, começa a cobrar. Mais uma ou duas noites praticamente já tem um escritório lucrativo instalado na casa noturna, tem só de continuar cevando o peixe para engordar a conta bancária. E como um câncer maligno, desprende-se daqui e vai infectar outro território e depois outro e outro. Esse é o tipo de escritório mais lucrativo que existe. Usa um celular, carrega o estoque num bolso, o dinheiro no outro. Os donos das danceterias nunca ficam sabendo o que o cara está fazendo e, quando descobrem, se tentam afastar o traficante do lugar acabam até correndo risco de morte. O filho da mãe enfia o cano no queixo dos proprietários que se opõem ao tráfico e ajuda aqueles que acham tudo normal. Está estabelecido.

Ignácio fez uma pausa. Parou de andar também e pareceu estar com o olhar perdido.

— Já vi muita gente morrer, meninos. Mas, com certeza, uma das piores mortes é a dos viciados. É triste. Os que acabam numa *overdose* podem até se considerar os sortudos da história... deprimente é ver os que definham dia após dia consumindo droga e, mesmo que queiram parar, acabam cedendo ao desespero de consumir um pouco mais... lembra alguma coisa para vocês?

Raul deu de ombros.

Ignácio lançou o característico sorriso malicioso.

— Não lembra porque ainda é cedo demais para vocês, vampiros. Mas logo vão saber do que eu estou falando.

Voltaram a caminhar.

— O pessoal do turno da manhã me passou a identificação do sujeito. Dizem que costuma chegar por volta das vinte e uma horas ao local de "trabalho", sozinho, calado, fazendo um reconhecimento. Demora a entrar na nova casa noturna, sentindo o local, fungando como carniceiro. Esses sujeitos farejam polícia há quilômetros. Sorte sermos meros vampiros, não é? — tornou o vampiro com o sorriso cínico. — Bem, a missão de vocês será vigiá-lo a noite inteira se for preciso e segui-lo de volta a casa... apesar do esforço, o turno da manhã não conseguiu prever o destino do traficante. Ele usa várias residências. Tem ao menos cinco endereços em São Paulo. Descubram onde o bastardo vai dormir essa noite e dêem cabo da vida dele. Virem para cá. — ordenou Ignácio, introduzindo um revólver de cano curto na cintura de Raul. — Isso é tudo que vou dar a vocês.

— O que é isso? — perguntou Raul.

— Um revólver.

— Estou vendo, Ignácio. Mas cadê aquelas pistolas cabulosas que você deu para os dois ontem?

— Eles perderam.

— Mas, vamos ter de encarar um traficante com isso? Um revólver de cinco tiros?! Está louco? Pirou na batatinha?

— Um revólver de cinco tiros?! — rebateu o veterano. — Vocês têm muito mais que isso. Vocês são vampiros, moleque. Usem velocidade de vampiro. Usem sua força de vampiro. O revólver é só para abrir um buraco por onde vão puxar o sangue do bastardo.

Alexandre balançou a cabeça negativamente.

— Cê tá de sacanagem com a gente, não tá não? Quer que encaremos um traficante com um estilingue e meia dúzia de efeitos especiais. Esses caras usam metralhadoras importadas. Vamos ter de dar uma de Davi e Golias!

— Davi ganhou, garotos. Davi ganhou... nunca esqueçam.

— Pode deixar, Ignácio. Vou lembrar do Davi.

— Parem de meter a Bíblia nisso. Estamos aqui discutindo um assassinato, não catequização. — reclamou Raul, impaciente. — Já que é pra encarar o cara com isso, quero ir logo.

— Só quero melhorar nosso lado, Raul. Entrar só com esse três oitão não vai ser fácil. O cara deve ter um AK-47 na cabeceira e granadas debaixo do travesseiro... e eu estou falando sério!

— Esse cara não usa isso. Tem uma pistola Glock, nove milímetros na cintura e é só. Ele tem de tomar cuidado para não espantar a freguesia. Na primeira noite, num novo lugar, às vezes nem isso ele traz. Primeiro faz camaradagem com o segurança do lugar, para o cara não desconfiar mais dele e não fazer revista. Se pegarem o cara tentando entrar armado, já era o empreendimento do profissional liberal do tráfico. Certamente em casa ele tem mais armamento, mas vocês são vampiros, porra. Vampiros descendentes de Sétimo. Quem deveria estar com medo? Vocês ou ele?

— Você não lê jornal, não? É claro que nós é que deveríamos estar com medo. Traficante é parada dura.

— Descendentes de Sétimo é que são parada dura, garoto. Tenho de gravar isso na cabeça de vocês de um jeito ou de outro. Confia no teu mestre. Dêem uma chance ao sangue que apodrece em suas veias. Vocês verão do que eu estou falando.

De dentro da limusine estacionada na Rebouças, em frente ao *shopping* Eldorado, os vampiros Patrícia e Bruno acompanhavam a conversa. Parecia que a dupla de amigos estava entrando num serviço mais difícil que o da noite passada. Apesar de não terem seguranças armados vigiando o alvo, tratava-se de uma caçada a um traficante. Traficantes eram cobras criadas, bandidos traiçoeiros, truculentos e acostumados ao mundo cão. Sujeitos atentos, espertos e que não vacilavam na hora de puxar o gatilho. Os amigos contariam com apenas uma arma, talvez levassem a pior. Patrícia pegou-se sorrindo ao imaginar uma cena. O traficante era mais preparado, melhor armado, mais acostumado com a violência do que os amigos. Mas o que ele faria após comprovar-se superior no gatilho? Derrubaria os amigos dela, isso com certeza. Estaria ele preparado para lidar com vampiros? O que faria o traficante quando percebesse que tinha descarregado todo seu arsenal contra os adversários mas que os estranhos justiceiros estavam levantando do mundo dos mortos e continuando a atacar? Por mais precavido que fosse um traficante, dificilmente venceria um vampiro, nisso Ignácio estava certo. As pessoas comuns não costumavam trazer o kit básico antivampiro; cruz, espada de prata, algemas de prata, alho na veia, sementes para esparramar no chão.

Ignácio gesticulou em direção de um homem. Os rapazes viram um sujeito de trinta anos, aproximadamente, chegando ao local. Bem vestido, cabelos repicados e com gel, roupas leves, sugerindo um ar despojado, *light*. Nada que lembrasse um traficante canalha.

— Esse é o alvo. Fiquem de olhos abertos e cumpram a missão. Se falharem, estão fora. Rezem para que ele tenha sono antes das três da manhã. Não gosto de vampiros que torram no sol no primeiro serviço.

Antes que pudessem responder, viram o vampiro desaparecer diante de seus olhos. Voltaram a olhar para o bandido. Estava sorridente e, como advertira o veterano, andou em frente a danceteria sem passar pela entrada. Parecia examinar cada um dos freqüentadores. Raul colocou a mão na coronha do revólver. O traficante estava se aproximando. Poderia acabar com ele ali mesmo. Mas Ignácio tinha dito para segui-lo até em casa primeiro. Também não poderiam servir-se do sangue do maldito ali, na frente de todo mundo, na calçada da Cardeal Arco Verde. Isso daria notoriedade ao crime e irritaria o "chefe". Teria de esperar. Raul desviou os olhos quando o olhar do traficante bateu sobre o seu. Sentiu um frio na espinha. Estava com medo do mortal? Talvez sim. Nunca tinha enfrentado um traficante na vida e nem na morte.

Alexandre sentiu o cheiro da vítima entrar forte em suas narinas quando passou ao seu lado. O jeito "limpo" do marginal era irritante. Era assim que amealhavam jovens ao rebanho de perdidos, de dependentes químicos. Pareciam gente boa, caras legais, mas na verdade traziam pacotes de perdição no bolso. Tinham cheiro de perfume caro por fora, mas odor de podridão por dentro. Alexandre grunhiu baixinho. Queria pular no pescoço do traficante e sorver-lhe até a última gota de sangue.

Passou-se mais de vinte minutos até que o criminoso decidisse adentrar a casa. Sem desconfiar, foi seguido por dois garotos vestidos de preto.

Raul sentiu os pêlos eriçarem quando o segurança pôs a mão no seu peito. O vampiro encarou o porteiro. O homem começou a revistá-lo. Alexandre lançou um olhar preocupado para o parceiro. A mão do grandalhão descia para a cintura do amigo. O revólver estava preso na calça.

Raul pensou em agarrar o grandalhão e empurrá-lo para dentro e eliminar o alvo imediatamente. A missão estava em risco. Contudo aguardou um instante. A mão do segurança apalpou a arma. O homem olhou para o garoto pálido um instante. Raul sorriu sem graça. Seus dentes pontiagudos apareceram para o segurança. O homem deu dois passos para trás. Raul ficou imóvel. Tinha sido descoberto.

Alexandre entrou, esgueirando-se pela porta e passou a observar o amigo do lado de dentro.

O segurança levou o rádio até a boca e num piscar de olhos um sujeito baixinho e de cavanhaque surgiu. O homem ficou olhando para Raul por segundos que pareceram uma eternidade. Alexandre deixou seus dentes crescerem. Ninguém notou quando seus olhos injetaram-se de um vermelho vivo. Estava pronto para o combate.

Mais seguranças juntaram-se à porta bloqueando a passagem do rapaz armado. Tudo parecia degringolar quando o baixinho, o chefe dos seguranças pelo visto, proferiu:

— Deixem ele entrar, rapaziada. Não precisam se meter com ele. É amigo de um amigo meu. Veio aqui só pra curtir e observar.

Os olhos de Raul quase saltaram, mas controlou-se para não deixar seu espanto transparecer tanto.

O sujeito de cavanhaque lhe deu dois tapinhas no ombro.

— Vem. Entra. Fique à vontade. Aqui vocês do Turno da Noite são tratados como heróis.

Raul assentiu e viu o homem se afastar, sumindo atrás de uma porta. Passou a mão no rosto e suspirou fundo. A coisa tinha sido bem estressante. Botou a mão na coronha da arma mais uma vez.

— Você devia ter-nos avisado. — disse baixinho.

Ainda descendo a rua e caminhando em direção à limusine, Ignácio sorriu com o tom consternado do garoto.

Dentro da danceteria, junto ao som alto das caixas acústicas, os vampiros se separam para cobrir visualmente uma parte maior do salão e buscaram cantos escuros onde suas roupas negras ajudariam a manterem-se incógnitos. Estavam vigiando a presa, como animais da selva, preparados para atacar assim que o alvo começasse a fuga.

Horas mais tarde, precisamente às duas da manhã, o traficante sorri para o grupo de rapazes e moças com o qual conversava em uma mesa farta de bebida e agitação. Levanta-se e vai ao caixa. Os vampiros, figuras pálidas de olhos atentos, percebem que chega a hora de deixar o lugar. Procuram sempre estar próximos a outros jovens, parecem que caminham sem segundas intenções para a porta, atrás do meliante. Alexandre vê o bandido entrar num estacionamento pago, estende a mão a um táxi e pede que espere com o motor ligado. Graças ao sentido único da Cardeal, sabe que o homem terá de passar em frente à danceteria mais uma vez. Aguardam. Ambos os vampiros estão tensos. Em questão de minutos o bandido poderá chegar em sua casa, desencadeando a seqüência final. Ataque e extermínio. Sangue para os vampiros. Trabalho feito para a agência.

O taxista estranhou a palidez dos rapazes mais do que a ordem para seguir aquele carro. Isso acontecia de vez em quando, bem coisa de filme mesmo: siga aquele carro. Normalmente eram homens ou mulheres atrás de esposas ou maridos sob suspeita. Siga aquele carro. Dobre naquela rua. Espere aqui. Se você me esperar te pago mais vinte paus. Uma vez ou outra acabava na frente do motel, mas a maioria das vezes a corrida terminava no prédio onde trabalhava a pessoa colocada sob suspeita ou numa academia de ginástica, natação... Aquelas poucas vezes que acabava na frente de um motel sempre se formava aquele puta barraco. Às vezes gostava de ficar para ver as pessoas se pegando... sempre que estacionavam na frente do estabelecimento próprio para encontros pedia o pagamento adiantado, depois era só carnaval, dava vontade de comprar pipoca e refrigerante. Mas, na maioria das vezes, ficava horas rentáveis esperando na frente de uma academia de ginástica ou de natação e voltavam para casa. Bem, nunca tinha pego uma dupla de moleques brancos como cadáveres. Nunca. Olhava repetidamente pelo retrovisor. Caras esquisitos da bexiga. Percebia que existia uma certa tensão entre os dois. Apesar de silenciosos, o olhar exalava ansiedade. Exalava perigo. Uma sensação crescente de desconforto foi tomando conta do taxista, como naquele dia em que um homem de sobretudo preto invadira seu táxi puxando um outro homem desmaiado, com armadura prateada, para o banco de trás. O homem estava armado e encostara a pistola em sua cabeça. Por isso tinha abandonado o ponto de táxi de Osasco e agora operava em São Paulo. Por acaso descia a Cardeal Arco Verde, muito próximo do largo da Batata, onde o mal-encarado que lhe colocara a arma na nuca naquela ocasião havia saltado com o homem desacordado, deixando uma nota de cem reais para uma corrida que valera vinte e seis à época. Parecia que o lugar atraía azar para cima de seu táxi... pois aquele desconforto, aquela gastura dos minutos de agonia entre Presidente Altino e Pinheiros parecia aflorar. O carro perseguido cruzou o rio Pinheiros, deu seta e contornou à direita, tomando a marginal em direção a Interlagos. O taxista reduziu a velocidade.

— Não encosta muito, cara. Ele não pode perceber que estamos atrás dele. — alertou Raul.

O taxista passou para a faixa da direita. Deixou um ou dois veículos entre seu táxi e o carro perseguido. Olhou pelo retrovisor. Teve a impressão de um carro estar perseguindo o deles também. Um carro grande, um sedan negro, de luxo.

— Acho que agora nós é que estamos sendo seguidos. — avisou aos rapazes.

— Eu sei. — respondeu Alexandre, sem olhar para trás. — É o nosso *back-up*.

Olhou para os rapazes mais uma vez pelo retrovisor. O que eles queriam com o cara do carro da frente? Por que eram tão esquisitos? Olhou para a frente e deu com a luz vermelha do farol. Freou bruscamente fazendo os pneus cantarem. Carros passaram pela transversal.

— Vai logo! Vamos perder ele! — gritou Raul.

— Não posso passar no vermelho! Quinhentos paus de multa! Ponto na carteira!

Raul viu o carro desaparecendo na subida após o *shopping* Interlagos. Tirou o revólver da cintura e o encostou na cabeça do motorista.

— Pisa fundo!

O motorista acelerou. Passou pelo *shopping* e a curva em aclive. O carro tinha desaparecido.

Alexandre, agitado, baixou o vidro de sua porta deixando o ar da noite invadir o táxi.

O motorista continuou em frente na avenida, acelerando, na esperança de reencontrar o carro perseguido, na esperança de diminuir a irritação do garoto que empunhava o revólver. Repetia como um mantra que a primeira coisa que faria se escapasse livre dessa, pelo amor de Deus, seria vender aquele Santana e tentar outro negócio.

— *Fim de jogo, meninos. Vocês estão fora.* — retiniu a voz metálica de Ignácio vindo pelos óculos especiais.

— Não! — rebateu Alexandre, assustando o motorista com o grito repentino. — Entre à esquerda, naquele farol.

O motorista obedeceu. As luzes dos faróis banharam o asfalto. Nada do carro.

— Continue em frente. Vai logo!

Raul olhou para o amigo. O que estava havendo?

— Vire à esquerda! Ali!

— Como você sabe? — perguntou Raul.

— Você não está sentindo o cheiro daquele cara?

— Não!

— Ah, meu amigo, o cheiro é tão forte que não dá para errar. Direita. — ordenou ao aproximarem-se de uma nova rua.

Pegaram uma avenida reta. As luzes vermelhas do freio de um carro dois quarteirões adiante.

— Acelera! — berrou Raul, empurrando a nuca do motorista com o cano do revólver ao reconhecer o carro da frente.

Os olhos de Alexandre cintilaram vermelhos brasis, permanecendo com as íris vermelhas, os dentes pontiagudos brotaram, fazendo-os surgir salientes no lábio inferior.

Raul olhou para trás um instante. Os faróis da limusine tinham desaparecido. Talvez a voz maldita de Ignácio não voltasse aos ouvidos.

O carro perseguido deu seta para a direita, diminuindo de velocidade.

— O que eu faço?

— Passa direto. Vamos ver onde ele vai parar. — orientou o vampiro armado.

Passaram lentamente pelo carro do sujeito. Estava entrando na garagem de um prédio.

Deram a volta no quarteirão. Raul ordenou que encostasse o táxi na esquina. Tirou a arma da nuca do condutor, sacou do bolso algumas notas e pagou a corrida.

O Santana disparou pela rua, cantando pneus, desaparecendo no primeiro cruzamento.

— O que fazemos agora? — perguntou Raul.

— Me siga. Vou te mostrar.

Velocidade de vampiro. Os rapazes alcançaram a grade do prédio e saltaram com invejável habilidade. Misturaram-se ao jardim frontal, abaixando entre as folhagens e evitando os olhos sonolentos do porteiro. Em segundos chegaram ao *hall* de entrada. Raul seguia

Alexandre, que parecia farejar o ar atrás do bandido. Passou por uma porta e viu-se com o amigo nas escadas do edifício. Escadas escuras. Fez seus olhos "acenderem". Via tudo com clareza. Nada mais de sombras. Os dentes também saltaram. Na tela do monitor de segurança na portaria, quando as câmeras mostravam as escadas o porteiro nada percebia. Raul e Alexandre não passavam de borrões escuros nas sombras. Subiram dois andares. Três. Raul segurava firme a coronha do revólver. Sabia que estava a poucos passos do primeiro confronto real da sua vida. Empossado agora daquela forma vampírica, protegido pelos poderes dos mortos-vivos dependentes de sangue, observando e sentindo os dedos frios de Hades e o rio das almas. Trabalhando para um ser centenário, conhecedor de truques e artimanhas de caça. Trabalhando para uma agência exterminadora de salafrários, assassinos, malfeitores e bandidos de toda sorte. Justiceiro. Era isso o que era. Um justiceiro.

Ricardo puxou mais uma tragada longa. Segurou o ar no peito, segundos depois lançando uma coluna de fumaça para a frente. Tinha acabado de chegar da balada. Os amigos do prédio e do colégio não curtiam muito o que fazia agora. Diziam não às drogas. Sorriu com o canto da boca, com um fino pendurado nos lábios, se segurando para não arrebentar de rir. Risada alta na escada aquela hora da madrugada dava a maior pala. Sempre que voltavam da balada descia dois andares antes do seu e puxava o baseado. Era um saco ter de fumar escondido. Gostoso era poder fumar sossegado, igual quando seus pais viajavam. Os velhos viajavam para Mongaguá e ele viajava no cabeção. Degustava seu cigarro de ervas especiais. Sabia que os amigos estavam certos e que deveria manter-se longe daquele tipo de fumo, mas o que poderia fazer? Gostava. Gostava pra cacete. Conhecia um monte de gente que fumava e que não se viciava. Ele não queria se viciar também. No máximo um por semana... talvez um a cada dois dias. Perguntava-se se isso seria vício puxando outra tragada, mais longa dessa vez. Segurava o ar misturado no pulmão quando notou a escuridão da escadaria dar lugar a uma luminescência rubra. Assustou-se. Soltou o ar e danou a tossir. Que merda era aquela? Dois rapazes de olhos vermelhos! Brancos como cadáveres! Os rapazes olharam para ele e sorriram com dentes pontiagudos. Ricardo deixou o cigarro cair na escada. Os estranhos invasores passaram sem se deter ou sequer emitir uma palavra. Sumiram escadaria acima. Tudo escuro de novo. Só a diminuta luminescência da bituca de seu baseado queimando no chão. Ricardo tremia descontroladamente. Ninguém ia acreditar. Vampiros! Decididamente tinha de parar com aquilo. Nunca mais iria colocar aquela bosta na boca.

Alexandre parou no décimo andar. Abriu a porta corta-chamas e encerraram-se num cubículo escuro. Raul abriu a segunda porta, saindo para o *hall* do andar. Alexandre ergueu as narinas e encarou a porta do apartamento 12. O homem estava ali. Gesticulou para Raul.

Raul aproximou-se da porta. Trinta e oito em riste. Sensação estranha. Saber que vai interromper alguém. O manto da morte cobria suas costas. Dentro do apartamento o traficante certamente teria armas. Teriam de ser rápidos. Raul tentou a maçaneta. Trancada. Afastou um passo para trás e meteu o pé contra a porta. A folha de madeira cedeu com facilidade, batendo contra a parede interna, arrancando tinta e massa corrida da parede.

O homem estava parado no meio da sala, descalço, surpreendido enquanto tirava a camisa.

Raul avançou com o braço direito estendido, apontando para a cabeça do condenado. Alexandre entrou em seguida, com seus olhos brilhando vermelhos.

O traficante foi ao braço do sofá onde repousava uma pistola. Raul foi mais rápido, empurrando-o contra a parede antes que alcançasse a arma. Com o homem caído retomou a pontaria.

— Não se mexe, vagabundo! — murmurou Raul, entredentes.

Alexandre apanhou a pistola. Olhou em volta. Um apartamento simples. Longe de parecer aqueles casarões dos traficantes cinematográficos. O filho da mãe sabia disfarçar muito bem. Ouvidos atentos. Somente o gemido da caça no chão. Com o arrombar da porta, se houvessem capangas no domicílio, uma namorada armada até os dentes, certamente já estariam sobre eles na sala.

— Rápido! — recomendou Alexandre.

— Fecha a porta.

Alexandre obedeceu ao amigo. Ouviu barulho no apartamento vizinho. Ficou perto da entrada arrombada. Ninguém conseguiria surpreendê-los.

— Vocês estão pegando o cara errado... — gemeu o homem, passando a mão nas costelas e tentando se levantar.

Raul desferiu-lhe um chute potente na altura do abdome, fazendo o homem soltar um grito de dor. O impacto foi tão forte que um suvenir desprendeu-se da parede, espatifando-se no chão.

— Pra quem vocês trabalham? Eu posso ajudar.

Raul grunhiu exibindo os dentes afiados para a vítima que arregalou os olhos.

— Meu Deus do céu!

Raul sorriu erguendo a arma.

— Agora você está entendendo. — disse. — Você é quem precisa de ajuda, não somos nós... mas você, traficante filho de uma puta, vai precisar de uma ajuda daquelas pra sair vivo daqui.

O homem levou as mãos para a cabeça, como se aquilo fosse protegê-lo tanto do disparo da arma, quanto das presas assustadoras do rapaz.

— Pelo amor de Deus! Eu não sou traficante! Vocês estão mexendo com o cara errado!

Raul usou a arma para golpear o rosto do bandido, fazendo bater as costas no chão. Vasculhou o bolso da calça do homem. Retirou um pacote com pó branco. Exibiu-o ao olho rasgado pelo golpe. O rosto do criminoso enchia-se de sangue.

— Não é traficante? O que é isso?

— Posso explicar. Pelo amor de Deus... — gemeu.

— Vai logo, cara. — pressionou Alexandre, aflito, ouvindo mais barulho no apartamento vizinho.

— Não precisa explicar, não, filho da mãe. Explica isso para o diabo quando te receber no inferno.

Raul ergueu mais uma vez o revólver e disparou contra a cabeça do criminoso. O segundo tiro foi no peito.

O corpo ferido contorceu-se. Mais três ou quatro espasmos recaindo à imobilidade. O alvo estava morto. Assunto encerrado.

Alexandre foi o primeiro a debruçar-se sobre a comida. O sangue quente vazava pelos ferimentos em larga quantidade. Em segundos seu rosto branco tornava-se sujo de vermelho.

Raul, quieto, abaixou o braço. Culpa. O que acontecera com ele? Não sabia. Sequer vacilara em puxar o gatilho. Sequer cogitara ouvir os argumentos do bandido. O que era afinal? Um vampiro ou um justiceiro? De agora em diante a morte dos humanos sempre seria assim? Cruel e insensível? Baixou a cabeça. Melhor que fosse. A menor chance de compaixão ou argumentação estragaria o paladar da refeição. Tinha de tratar gente como tratava gado antes de converter-se em vampiro. Ignácio estava certo. Não era como antes. Nada. Não poderia ter pena da comida. Ajoelhou-se e sorveu do sangue humano. A culpa foi desaparecendo à medida que o sangue ocupava seu estômago. A culpa tornava-se efêmera diante do bem-estar descomunal proporcionado pelo alimento fresco vindo das artérias humanas. Mesmo morto o maldito traficante continuava a entorpecer os que o cercavam.

Alexandre levantou a cabeça e encarou o corpo exangue da vítima. Sua feição mudou e os olhos encheram-se de tristeza e repúdio.

— Nós o matamos, Raul... — balbuciou, como saindo de um transe e deparando-se com uma realidade dura demais para acreditar.

— Parabéns, meninos! Parabéns! — repetiu a voz metálica do vampiro veterano trazida pelos dispositivos auriculares. — Agora caiam fora daí. O vizinho já chamou a polícia.

Os dois se olharam e afastaram-se do corpo inerte. Sabiam que mesmo que os vizinhos não tivessem avisado os policiais, Ignácio o teria feito. Ele queria ver o circo pegar fogo. Filho duma égua. Voltaram para o corredor e desceram rapidamente as escadas. Ninguém no caminho. Ninguém para detê-los. Atravessaram o jardim e num salto felino estavam de volta à calçada. Fácil. Extremamente fácil.

CAPÍTULO 18

A garota loba despertou aos prantos. A lembrança forte das horas finais da noite anterior vieram vivas à sua memória. Marcos estava morto. Seu amado estava morto. Agora Yuli sentia-se mais perdida e sozinha do que nunca. Se não podia voltar ao aconchego de seu lar, não podia mais contar com os carinhos e atenções de seu namorado, o que faria do seu arremedo de vida?

Assim que Yuli retomou o controle sobre o pranto, baixou os olhos para seu corpo nu. Afastou a lona velha e algumas das centenas de caixas de madeira que estavam ao seu lado e olhou para o imenso salão deserto. Lá fora ouvia vozes. Ao menos seu esconderijo tinha funcionado. Tinha cruzado as horas de sol na total escuridão sem ser descoberta e presa. Caminhou aflita abrindo caminho entre baratas e outros insetos no meio do amontoado de velhos caixotes. Voltou para uma saleta anexa ao salão onde existia uma parede rachada, por onde tinha se esgueirado na alvorada anterior. Pelo mormaço do lado de fora a vampira concluiu que anoitecera há pouco. Olhou para o terreno. Ali, junto à parede quebrada havia um canteiro com plantas malcuidadas, que favorecia seu esconderijo. Olhou para os lados. O que fazer? Estava nua em pêlo. Não podia sair assim por aí. Nem podia perder muito tempo solucionando aquele problema. Tinha um horário a cumprir. Apesar de ter perdido sua passagem em algum lugar em Osasco, sabia o horário de partida do ônibus. Dez da noite.

Olhou para o estacionamento cheio de caminhões. Esgueirou-se pelas sombras. O movimento era intenso naquele horário no CEAGESP e dificultava sua empreitada. Os outros tantos galpões, chamados de boxes, estavam apinhados de feirantes, quitandeiros e verdureiros das cidades da região. O cheiro de frutas frescas chegava ao seu nariz. No passado o aroma das mangas e goiabas faria seu estômago roncar e encher-se de água na boca. Hoje, era só um cheiro. Percebeu um instante de quietude na rua que queria atravessar. Uma perua Kombi estacionada ao lado de um box, escondida pelas sombras era seu primeiro objetivo. Chegando ao veículo percebeu que estava vazio. Apertou a maçaneta e puxou a porta do condutor que estalou e rangeu ao ser aberta. Yuli apertou os olhos orientais e conferiu ao redor se alguém tinha escutado o barulho ou vinha em sua direção. Nada. Sorriu olhando para o interior da Kombi. Tirou a sorte grande. Se é que podia chamar aquela surrada e fedida camisa de feirante de um tesouro para um sortudo. Não se fez de rogada e vestiu a camisa rapidamente. Já era alguma coisa. Olhou para um lençol velho que recobria o banco rasgado na parte dos passageiros da frente. Puxou o tecido que, de tão úmido e gasto, rasgou-se quase ao meio. Mesmo assim serviu. Yuli, a mirrada garota, improvisou uma saia com a imitação barata da fazenda. Yuli girou os cabelos longos, negros e lisos e jogo-os nas costas, afastando-se com passos rápidos e ajeitando a gola. Rodou pelo estacionamento até encontrar um carro onde uma mulher sozinha mantinha a porta aberta. Yuli olhou para os lados e mordeu os lábios. Olhou para o imenso relógio do CEAGESP. Quase oito da noite. O tempo corria rápido demais para quem poderia gozar da vida eterna. A garota andou mais alguns passos, afastando-se, depois parou. A mulher continuava lá, massageando os pés e com a porta do carro aberta. Yuli estava descalça. Precisava dos sapatos daquela mulher. Yuli nunca tinha roubado nada na vida. Virou-se em sentido à mulher desprevenida. Aproximou-se em silêncio.

Quando a mulher deu conta, aquela japonesinha maltrapilha e com o rosto sujo estava parada na frente dela. A mulher, assustada, tirou a bolsa do colo e colocou no banco de trás.

— Diga, garota? O que você quer? Não tenho esmola pra mendiga, não.

Yuli franziu a testa, sentindo-se ofendida.

— Desembucha, menina. Fala logo e sai daqui que você está fedendo. Pobre é uma desgraça, mesmo.

— Eu quero seus sapatos emprestados. Eu devolvo.

Foi a vez da mulher franzir a testa.

— Você acha que esses sapatos foram feitos para ir parar no pé de qualquer uma? E você acha que eu vou acreditar que você vai devolvê-los para mim? Aposto que você troca pelo primeiro pão com mortandela que você achar num botequim.

Yuli fez os olhos cintilarem e num segundo seus dentes brotaram. Ninguém viu aquela esnobe ser drenada e a vida abandonar seu corpo enquanto o sangue corria para a goela da garota. Yuli levantou a cabeça e limpou o sangue com a manga da camisa suja.

— Não é mortandela, sua rica burra. É mortadela. E pro seu governo, guria, eu gosto é de churrasco... — Yuli deitou a mulher de comprido usando os bancos da frente. — E para o seu azar, nem de churrasco eu gosto mais.

Yuli tirou o *jeans*, a camisa fina em tom bege e também os sapatos da mulher. Levaria o carro se soubesse dirigir. Queria que Marcos estivesse ali. Seus olhos marejaram ao lembrar do namorado assassinado. Talvez fosse melhor assim. Pelo menos ele não estava se esgueirando por um estacionamento escuro, não estava matando gente para continuar vivendo. Yuli saiu do estacionamento e chegou à avenida. Não conhecia aquela cidade. Não sabia para qual lado deveria seguir. Com os dentes recolhidos Yuli fingiu um sorriso e aproximou-se de uma garota de sua idade para pedir informações.

Yuli chegou ao terminal rodoviário Tietê. Xingou a mulher dona das roupas e da bolsa. Encontrou apenas uma nota de pequeno valor, que mal deu para pagar os dois coletivos que tomou até ali. Entrou no terminal sem saber direito o que fazer. Poderia vender a bolsa, a carteira e os cartões de crédito para algum larápio, mas isso ia tomar tempo, não saberia onde procurar alguém capaz de dar grana em troco daquilo. Yuli olhou para as pessoas e depois para os primeiros guichês. Andou pelo terminal. Suspirou fundo. Ainda tinha alguns minutos para pensar em alguma coisa. Mordiscou o lábio. Toda aquela gente ao seu redor parecia adormecida. Eram outra coisa desde sua conversão à beira da Lagoa dos Patos. Quando olhava-os não chamavam mais a atenção os sorrisos ou olhos brilhantes nem os cachinhos de uma criancinha ou o topete de um garoto bonito. Quando os olhava chamava a atenção aqueles que tinham pescoços mais longilíneos, veias pulsantes, o cheiro de um corte recém-feito. Era estranho. Diferente. Voltou a afligir-se com a falta de tempo, encontrou o guichê que vendia passagens para Porto Alegre. Pintado em cor vermelha e verde o logotipo da viação Esperança estendia-se de ponta a ponta na frente do galpão. Na fila permaneciam poucas pessoas. Monitores de TV no saguão de espera exibiam imagens de uma catástrofe. Um helicóptero sobrevoava o ginásio professor José Liberatti e exibia um engavetamento monstro. Yuli parou e ficou com os olhos pregados no monitor. Só agora percebia. Conhecia aquele lugar. O grande telhado junto ao ginásio era do posto de gasolina. As imagens exibidas eram uma gravação de coisa acontecida na véspera. O fogo que consumia meia dúzia de veículos era do mesmo acidente que vitimara seu amado Marcos. Yuli levou a mão aos olhos secando as lágrimas vermelhas que brotavam. Ninguém podia ver seu choro. Daria na vista sua condição de vampira. As imagens seguintes mostravam outro acidente em uma rodovia e depois um outro posto de gasolina próximo ao quartel, que ela também conhecia, era Quitaúna.

Yuli baixou a cabeça e começou a caminhar. Tinha de achar uma solução. Tinha de sair de São Paulo. O Exército tinha intensificado a caça aos vampiros e, provavelmente, a encontraria a qualquer momento.

Na sala de segurança da rodoviária do Tietê os homens olhavam para a imagem congelada da vampira adolescente. Ela assistia à TV sem perceber que era vigiada. O capitão Brites tinha o rosto sério e fechado. Um soldado digitava freneticamente em um *lap-top* em cima da mesa. Ele importava as imagens do sistema de segurança. Ajustou os parâmetros e colocou o avançado *software* do O.E. para comparar as imagens da garota no saguão da rodoviária com as imagens previamente capturadas no *shopping* de Osasco. Em poucos segundos um duplo *bip* escapou da máquina. Identificação positiva. O soldado olhou para o capitão e confirmou.

— É mesmo ela, senhor.

Brites concordou com um movimento de cabeça. Via a garota surgindo focalizada por outra câmera em outro corredor. Ela andava apressada. Estava com pressa. Brites olhou para seu relógio e depois para o gerente do terminal.

— A que horas sai o próximo ônibus para Porto Alegre?

O homem consultou o relógio de pulso para responder.

— Daqui a quinze minutos. Viação Esperança. Plataforma 21.

Brites caminhou até perto da câmera.

— O que quer que façamos, senhor? — perguntou o tenente Wellington.

Brites suspirou fundo.

— Por enquanto, nada. Não façam nada. Sei como pegar essa garota sem estardalhaço, sem lançar mais lenha na fogueira.

Yuli permaneceu de olhos pregados no aparelho de TV até o final da reportagem. Não acreditava no que estava vendo. O Exército havia instituído um Serviço de Contenção de Infectos. Ela era uma infecta! Poderia ser delatada. Na tela da televisão apareceram descrições de como seriam os infectos, pessoas de pele pálida, dentes longos, unhas compridas. Os possíveis infectos eram mostrados em artes concebidas por *designers* gráficos e, competentemente, parecidos com ela para valer. As imagens geradas em computador eram misturadas com trechos de filmes de vampiros repetidos à exaustão. Agora os olhos da vampira iam para as pessoas no saguão. Dois homens com celulares nas mãos. Será que estariam falando com o serviço de contenção? Yuli começou a andar. Uma mulher estava fazendo uma ligação e parecia encará-la. Yuli baixou o rosto e tomou um corredor que ia para o outro lado do terminal rodoviário. Passou por quiosques vendendo lanches e salgados. As pessoas comiam e riam alto sem saber o quanto eram sortudas. Yuli tropeçou numa senhora. A idosa olhou-a assustada. Ela ligaria para o Serviço de Contenção com certeza. Yuli pediu desculpas. A senhora sorriu-lhe suavemente e disse que não era nada. Boazinha. Simpática. Yuli afastava-se quando viu vários soldados com roupas verdes em padrões escuros. Eles surgiram de uma porta e tomaram o corredor. A vampira encolheu-se e retrocedeu. Sentou-se num banco no saguão e baixou a cabeça, oprimida pela presença dos soldados. Estava atônita, abriu a boca e respirou seguidas vezes como se lhe faltasse o ar. Eles tinham sido rápidos. Como apanharia o ônibus agora. Sem dinheiro e perseguida pela Serviço de Contenção. Olhou para o grande relógio. Menos de dez minutos. Tinha de voltar para o guichê da viação Esperança. Levantou-se. Viu mais soldados do outro lado do saguão. As pessoas paravam para vê-los passar. Vinham imponentes, com armas na mão, dividindo as centenas de usuários, formando um corredor de curiosos por onde transitavam. Yuli notou o mesmo aglomerado de pessoas nos quatro cantos onde sua visão alcançava. Estavam vindo, cercando-a, fechando-a. Yuli começou a tremer, evocou seu poder vampírico. Só tinha uma chance de escapar dali. Sua forma de loba. Ficaria enorme e feroz, abriria caminho a dentadas. Yuli transpirava e caminhava a passadas tortas e dando encontrões nos curiosos que convergiam para perto dela. A vampira procurou se afastar o máximo dos soldados. Encontrou mais uma vez o guichê da viação Esperança. Só duas pessoas na fila. Yuli ficou atrás de uma senhora negra com dois filhos pequenos. Os garotos brincavam com arminhas baratas, imitando invasores espaciais que disparavam barulhos repetitivos e luzinhas coloridas. Yuli olhou para os soldados. Dois passaram perto dela, mas foram na direção de outro guichê. Tinham um papel impresso nas mãos que mostravam para as pessoas. Viu que era um retrato pelos contornos escuros quando o homem ergueu-o contra a luz. Provavelmente era o dela. Yuli sentia-se indefesa e encurralada. Viu a senhora negra guardar duas notas de cem no bolso de trás. Era muito mais do que precisava. Uma talvez bastasse. Os meninos estavam atrás da mãe, brincando e felizes. Yuli estendeu a mão. Parou o movimento quando um homem parou atrás de si e começou a tossir. Recolheu a mão surpresa. Yuli teve a impressão de que ele tinha notado sua intenção. Teria corado se fosse possível. A vampira tremia. O saguão estava infestado daqueles agentes do Exército. Mais de quarenta. Iam de guichê em guichê, mostrando a folha impressa, mostrando o seu retrato. Yuli não tinha dinheiro. Não roubaria aquela mulher. Os soldados vinham pelas laterais, avançavam para mais um guichê, o atendente meneou a cabeça negativamente. Avançaram outro guichê, ambos os lados, fechando-se como uma mão sobre a vampira. A mulher saiu levando três passagens. Yuli olhou para a atendente. Uma senhora morena de cabelos longos e presos por um lenço. A garota não sabia o que fazer. Com um olhar choroso, Yuli olhou para a atendente.

— Ainda tem lugar no ônibus para Porto Alegre?

— Sim, garota, tem sim. Quantas passagens vai querer?

— Só uma.

— Corredor ou janela?

— Janela.

— Pagamento em dinheiro ou cartão?

Yuli olhou para os lados. Os soldados estavam chegando. Os que vinham à esquerda estavam a seis guichês de onde ela estava, os que vinham à direita estavam apenas a mais três guichês. O homem a suas costas olhava para a televisão, novamente o telejornal mostrava discussões em torno dos infectos e sua patente semelhança com a macabra lenda dos vampiros. Vontade de chorar. De sumir. A mulher ficou encarando Yuli mais alguns segundos, ergueu as sobrancelhas esperando uma resposta.

— Dinheiro ou cartão, guria.

— Tia, por favor, não tem como eu pagar essa passagem quando chegar em Porto Alegre? Eu ligo pro meu pai ir me pegar na rodoviária e ele leva o dinheiro.

— Não dá, guria. A cota de fiado acabou hoje. Próximo.

O homem que seria o seguinte e último cliente da viação Esperança olhou para a balconista que lhe chamava com o dedo e olhou para a garota com cara de choro. Ela era pálida... pálida como um infecto que noticiavam na TV!

— Não dá, menina já falei. Libera o balcão para o próximo. Não me faça perder tempo.

— Mas tia, eu não tenho como ir para casa, fui assaltada. Tô sem um centavo. Me ajuda.

— Próximo! — gritou a mulher, tão alto que o soldado que chegava ao guichê ao lado olhou em sua direção.

Yuli, percebendo que o soldado olharia para ela, virou-se rapidamente. Com sorte ele não perceberia sua pele branca. Mesmo assim seu tempo tinha acabado. O guichê da Esperança seria o próximo. Os soldados a cercariam e a prenderiam com artefatos de prata. Estava condenada. Iria algemada para a contenção de Quitaúna. Yuli recostou-se no balcão e foi escorregando para o chão, sem forças nem esperanças, até sentar-se no chão mais frio que sua pele. Ouvia a voz do soldado conversando com a balconista do guichê ao lado. Seus olhos encheram-se de lágrimas que foram limpas rapidamente.

— Próximo! — repetiu a mulher impaciente. — Rapidinho que já vai sair.

Yuli olhava para os pés do homem à sua frente. Ele recostou-se no balcão da empresa. A vampira olhou para cima, soluçando, sentindo-se perdida. Ao menos consolava saber que não tardaria e estaria junto com seu namorado no mundo dos mortos. Soluçou novamente e olhou dentro dos olhos do homem enquanto mais duas lágrimas desprendiam-se de seus olhos.

— Por favor... — murmurou a garota, olhando fixamente para o homem.

O homem engoliu em seco. Olhou para os soldados se aproximando pelos dois lados. Olhou para trás, o saguão cheio de agentes da contenção. Olhou novamente para os olhos súplices da infecta. Ela chorava lágrimas negras. Sentiu um calafrio, mas sobretudo piedade. Ela era linda e indefesa. Aqueles homens eram trogloditas em dia de caça.

— Me ajuda... por favor... tio! — murmurou Yuli, ainda mais baixinho, como se nem quisesse que o homem a ouvisse e fizesse ali sua última prece.

— Senhor?! O senhor quer ir ainda hoje?

O homem pareceu sair de um transe e encarou a atendente.

— Duas passagens por favor. Uma na janela, por gentileza. — disse, estendendo duas notas para a mulher.

A atendente emitiu os *tickets* e entregou o troco.

— Boa viagem, senhor. Apresse-se, o ônibus sai em cinco minutos.

O homem apanhou as passagens e separou a que marcava janela estendendo-a para a garota agachada. Os olhos de Yuli ficaram presos no mágico pedaço de papel.

— Pegue logo, garota. O ônibus já está partindo.

O homem estendeu a mão e ajudou Yuli a se levantar.

Os dois deixaram o balcão um segundo antes dos soldados que vinham à direita pararem na frente da atendente. Mostraram um retrato de um rapaz. A mulher balançou a cabeça, negando. Ainda explicavam que era muito importante que ela examinasse novamente e guardasse aquela fisionomia na memória enquanto o homem e a garota desapareciam pelas escadarias de embarque.

Da sala de vigilância, o capitão Brites viu quando a vampira chegou à plataforma de embarque. Assistiu pacientemente o fiscal pedir que o motorista abrisse a porta novamente e, sereno, observou a garota embarcar. O ônibus foi fechando novamente e voltou a rodar em marcha a ré. Quando alinhou-se na via, partiu para a rua com destino ao Rio Grande do Sul.

— Vai deixá-la sair, senhor? — perguntou o soldado que portava o *lap-top*, incomodado com a partida da infecta.

— Sim. — respondeu o capitão.

— Mas... mas poderemos perdê-la de vista, senhor. Ela pode escapar.

— Não, soldado. Ela não escapará.

Dentro do ônibus Yuli estava mais calma e tinha retomado o controle de seus nervos. Toda a ansiedade parecia ter ficado naquela rodoviária. Yuli agradeceu mentalmente pela enésima vez o bom homem que se compadeceu de sua situação.

Yuli recostou a testa no vidro da janela. Olhava tranqüila para fora. Simplesmente não acreditava que tinha se safado e que estava a caminho de casa. Era seu único consolo e a primeira vez que se sentia em paz desde a perda de Marcos. Yuli fechou os olhos e aquietou-se ainda mais. Assim podia fingir sentir a mão de Marcos sobre a sua. Fingir ouvi-lo cantar suave em seu ouvido como fizera aquela noite na Lagoa dos Patos antes de serem despertados por Dom Afonso. Yuli sorriu sem se dar conta. Marcos repetia sem parar que a amava.

Duas fileiras para trás, na cadeira voltada para o corredor, o jovem rapaz apertou pela enésima vez a coronha da pistola. Dentro dela o municiador tinha sido carregado exclusivamente com balas de prata. Ainda tinha mais duas cargas no bolso do casaco. Ele não poderia pregar os olhos. A vampira não deveria sair debaixo de sua mira. Quando o celular colocado em seu bolso tocasse, leria a mensagem do capitão Brites. Diego fechou os olhos e segurou o crucifixo que vinha na corrente em seu pescoço. Pediu proteção. Era sua primeira missão em campo. Era a primeira vez que seu treinamento exaustivo seria colocado em prática. Na oração também pediu perdão. Era a primeira vez que mataria uma pessoa.

CAPÍTULO 19

A vampira tinha aguardado por horas ali, debaixo daquela marquise escura. Desde que despertara, Aléxia não tinha conseguido roupas dignas de seu corpo. No sombrio cômodo que agora dividia com o garoto lobo, com Paola ainda adormecida e centenas de pernilongos que vagavam próximos à água da represa Billings, Aléxia tinha encontrado apenas um velho cobertor. Nele tinha envolvido seu corpo e vagado pelas ruas, improvisando um manto e um capuz que recobria seu rosto marcado e repulsivo bem como parte de sua pele queimada. A vampira escolhera as ruas mais escuras para vagar, eventualmente cruzando com desavisados que corriam ao pousar os olhos na figura da pálida mulher. Aléxia não gastara suas forças minguadas com aqueles. Ela tinha saído para caçar. Para escolher a presa. Nao iria alimentar-se de qualquer um. Precisava de jovens, cheios de energia no sangue. Tinha chegado até aquela rua movimentada e conseguira se esconder com êxito por horas e horas. Agora, no auge da madrugada as casas e bares começavam a sossegar e as pessoas nas calçadas iam escasseando. Aléxia era apenas uma sombra debaixo daquela marquise escura. Era um nada, imperceptível como bem queria. Uma espécie de novo camaleão. Um camaleão peçonhento que matava ao menor desejo. Ficou acuada, colada à velha porta do estabelecimento. Três rapazes vindo em sua direção. Bêbados, despreparados, indiferentes. E ela estava pronta. Queria os três. Era disso que precisava. Era isso que seu corpo pedia para se restabelecer, para curar as feridas provocadas pelo sol. Aléxia sabia que tinha algo de errado com seu belo rosto. Aléxia era incalculavelmente mais graciosa que Paola, que já era algo de estonteante e insuportavelmente belo. Aléxia tinha de se fartar em sangue. Entupir-se com o líquido da vida e da morte. Tinha de extrair dele o milagre da regeneração. Apesar de negar, era evidente que Hélio tinha dado muito mais sangue para Paola do que a ela. Infeliz. Por que tinha feito tal escolha? Por preferir Paola a ela. Paola estava sem marcas no rosto e as marcas no resto do corpo estavam finas e pareciam suavizar a cada hora de repouso da vampira. Aléxia concluiu que tomando muito mais sangue e também caindo em sono regenerador, em breve estaria com as feições de antes. De que valeria a eternidade se não pudesse vivê-la com plenitude? Com seu rosto lindo e seus olhos verdes hipnotizantes podia conseguir qualquer coisa, seduzir qualquer presa.

Seus olhos pararam no jovem que chegava na frente dos outros dois. Ele abriu a braguilha e, sem dar conta da vampira na escuridão, colocou o membro para fora da calça para urinar. Mirou num murinho e começou a cantarolar.

Os outros dois que vinham atrás pararam. Bêbados, começaram a tirar sarro:

— Ô, mijão! Sua mãe não te deu educação, não?

Os três riram. Aléxia deixou o canto mais escuro, vindo vagarosamente para a calçada. Seu rosto estava frio. Olhos serenos e penetrantes. Eles não sabiam que iam morrer. Aléxia sentiu a fome crescer e a sede queimar seus pensamentos. A rua estava vazia. Eram só eles quatro. Mesmo assim, alguém de longe não poderia enxergar nada do que se passava ali com clareza. Além de uma longa porção escura por falha na iluminação pública, havia apenas velhos estabelecimentos naquela ponta da rua, nenhum com *néons* ou fachadas luminosas. Havia coisa de três caçambas para recolher entulho, enfileiradas.

Nem mesmo quem estivesse do outro lado da rua poderia ver o que se passava por conta dessas caçambas. Aléxia sorriu ao perceber que os três vermezinhos tinham entrado em sua ratoeira. A vampira tocou o metal frio de uma das caçambas e deu um passo adiante, suas unhas extraíram um ruído agudo do metal, chamando a atenção dos desatentos.

— Opa! Nossa, dona! A senhora me assustou! — gritou o rapaz, percebendo o movimento suave da mulher com o canto dos olhos e recolhendo, desajeitado, o seu membro.

Os outros dois assustaram-se também, mas logo vendo não tratar-se de um sorrateiro assaltante, voltaram a descontração.

— Pô, tia... o nosso amigo só veio aliviar a bexiga...

— A senhora assustando ele assim, o coitado vai sair é cagado daqui... Ah! Ah! Ah!

Os dois riram. Fernando, o que tinha urinado, não riu, olhando para a mulher.

Tia? Senhora? Aléxia sorriu com o canto dos lábios. Deixou as unhas compridas da mão direita arranharem novamente o metal da caçamba. Ela tinha a mesma idade daqueles palhaços e era tratada como uma anciã.

Os rapazes voltaram a andar, ficando completamente eclipsados pela loja escura e pelas caçambas.

Aléxia interpôs-se ao primeiro, bloqueando a passagem.

— Vixe, dona. Sai da frente, vai. A senhora tá bem louca, né?

Um segundo rapaz pôs a mão no bolso e estendeu uma moeda para a vampira.

— Toma, vai tomar uma 51 e pára de amolar.

Aléxia deixou o velho cobertor abrir um pouco. Sua perna lisa e branca surgiu e os olhos dos rapazes ficaram fixos nas coxas grossas e sensuais.

— Olha só. Não é que a mendiga dá um caldo. — disse o gozador.

Aléxia soltou todo o cobertor e seu corpo nu ficou à mostra. A vampira deu mais dois passos ficando próxima dos três.

Enquanto os olhos dos moleques subiam do quadril bem feito até os seios volumosos e descobertos da vampira, a criatura manteve-os sob controle, no entanto, quando chegaram às cicatrizes longas e grossas e à face da criatura, os rostos que exibiam surpresa mudaram para pura repulsa e horror. Sua face transfigurada não conseguiu prendê-los como seu hipnótico rosto fizera tantas vezes. Os garotos gritaram e um deles benzeu-se, mas antes que completassem um passo desviando da criatura pálida, as garras de Aléxia imobilizava-os. O primeiro teve a jugular cortada pelas unhas da vampira. O segundo engoliu um grito enquanto tinha a traquéia esmigalhada pela mão da mulher e o terceiro foi preso pela mordida ferina que recebeu no pescoço. Enquanto Aléxia alimentava-se e se refestelava com o primeiro alimento, os outros dois debatiam-se no chão, tentando se agarrar à vida. Aléxia aniquilou o trio em menos de um minuto. Sua boca sugava avidamente, carregando para seu estômago enfeitiçado todo o sangue das vítimas. Quando se levantou seu rosto estava rubro, como se fosse uma mortal. Tornou a enrolar-se naquele cobertor imundo e andrajoso, caminhando leve pelas ruas, feito assombração. Agora repousaria e esperaria. O sangue dos mortos haveria de refazer seu rosto e sua pele.

CAPÍTULO 20

Aléxia despertou. Queria continuar em seu sono repara- dor, queria voltar a ser a sedutora de antes. No entanto a consciência voltou bruta como um vômito, atirando de volta a realidade que não queria. O tato confirmava seus temores, a pele da face ainda estava grossa. Levantou-se com agilidade e apanhou o pedaço de espelho. Seu rosto continuava medonho, horrível. Mais uma vez um grito de ódio infestou as paragens onde o trio noturno habitava. Dessa vez Hélio não veio em auxílio da vampira. Aléxia aproximou-se de Paola que era banhada pela luz da primeira noite de lua cheia. Paola, bela, e já quase perfeita, sem uma marca em seu rosto, dormia alheia a tudo. Aléxia pousou a unha longa no pescoço de Paola. Enchê-la-ia de cicatrizes. Poderia atear fogo ao corpo da vampira. Acabaria com ela, vingarse-ia, aliviaria seu terror e desespero. Aléxia afastou-se de Paola, com tanto ímpeto que bateu contra a parede, derrubando poeira e tijolos velhos. Paola não tinha culpa de sua aparência. Paola era sua amiga, sua irmã no trilho eterno. Aléxia caiu e começou a chorar. Um choro de raiva e desolação. Levantou-se e saiu do casebre. Hélio estava caído lá fora. Contorcia-se. A vampira elevou os olhos para a lua cheia. Ele estava se transformando. Aléxia manteve os olhos no corpo do rapaz que se debatia, tomado por convulsões. Dois calombos grotescos surgiram em suas costas. As mãos de Hélio incharam-se. Ele gritava de dor. O barulho de ossos estralando escapavam de seu corpo. Os olhos da vampira encheram-se com aquela visão. Finalmente os pensamentos de Aléxia abandonavam sua aflição e distraíam-se observando a dor do outro. As costas nuas de Hélio encheram-se de pêlos grossos e escuros. O garoto urrou, um urro de fera. Não era mais humano. As costas distenderam-se, ampliando o tamanho da criatura. O que fora um corpo humano dos mais ordinários convertia-se em coisa fantástica. A cabeça do jovem tornou-se mais oblonga ainda e a boca espichou para a frente e os olhos, que vertiam um suco vermelho sanguinolento, cresceram com o corpo enchendo-se de pêlos escuros. Hélio ergueu os olhos para a lua e urrou. A transformação estava quase completa. Aléxia permanecia imóvel, impressionada, hipnotizada pelo bicho. Aquele ritual mutante lembrava-lhe Sétimo.

Hélio virou-se para a vampira e fixou-a com seus olhos de lobo. Grunhiu mirando a vampira envolta no manto de cobertor. Abaixou o corpo, quase tocando a barriga no chão e avançou dois passos em direção à pálida criatura. Aléxia manteve-se imóvel apesar do rosnado ameaçador que lhe lançava o lobisomem. A fera chegou ainda mais perto e lançou outro daqueles pavorosos grunhidos e ameaçadoras mordidas no ar, como um cão enraivecido, exibindo as fileiras de dentes, aproximando-se tanto que seu focinho gelado e úmido tocou o rosto da mulher.

Aléxia, hipnotizada e extasiada, pousou a mão no focinho do lobo e acariciou-o.

— Está com sede, animal?

Hélio afastou-se e pôs-se sobre duas patas, uivando para a lua.

— Vamos, lobo. Vamos buscar sangue. Se o sangue de três não bastou, significa que preciso de muito mais para voltar a ser a deusa da beleza e da noite. Os olhos dos homens devem me amar, não se afastar de mim.

Hélio voltou a ficar de quatro e novamente aproximou-se da vampira. Aléxia montou em seu dorso e partiram a todo galope, embrenhando-se na mata que circundava a represa.

CAPÍTULO 21

Raul rastejou para fora do esconderijo. Tinha adormecido debaixo da cama de Patrícia. Tinha conversado bastante com a amiga antes de cair no transe das horas de sol. Olhou sobre a cama. A vampira já tinha levantado.

Tinham conversado sobre o estranho tutor. Patrícia alertara para o curioso fato de terem sempre um monte de perguntas sem respostas que sempre eram discutidas entre o quarteto a respeito das intenções e métodos de Ignácio. Haviam, sem sombras de dúvida, se rendido à presença carismática do veterano. Ignácio era envolvente. Bastava o vampiro aparecer que a discórdia e as perguntas desvaneciam. Ele sabia lidar com a cabeça dos novatos. No entanto, apesar de se verem já tão rodeados pela teia sedutora do vampiro, tinham muitos questionamentos que martelavam a mente. Se Ignácio era tão poderoso, por que não cuidava ele próprio daqueles malditos malfeitores? Aos olhos dos novatos, Ignácio parecia tão poderoso a ponto de estalar um dedo e fazer com que os alvos pretendidos simplesmente caíssem mortos, evaporassem, qualquer coisa desse naipe. Por que então precisa de quatro vampiros calouros, desajeitados e vulneráveis para fazer o serviço sujo? Novatos podiam fazer a coisa errada. Por que se dar ao luxo? Outro ponto: se era tão antigo e poderoso, certamente conheceria outros vampiros antigos, muito mais preparados do que o quarteto. Por que não os usava? As perguntas não paravam por aí. Se juntassem todas as dúvidas e estranhamentos encheriam um caderno universitário de anotações... mas, quando Ignácio estava entre eles, essas dúvidas, essa vontade de colocar o vampiro na parede simplesmente desaparecia. Era como se desse um branco. Não lembravam. Quando tiveram essa conversa, Patrícia levantara uma hipótese, mais um dado para ficar com a pulga atrás da orelha. Patrícia dissera que de alguma forma Ignácio entrava na mente dos componentes do quarteto, impedindo que se lembrassem de perguntar as coisas. Impedindo que pudessem espremê-lo e descobrir as respostas. Ignácio estava, de alguma maneira, controlando suas mentes.

No final, Raul concluiu que só podia se tratar disso. Ignácio era mais perigoso do que poderiam supor. Capaz de transformar repulsa em simpatia, desconfiança em cega devoção. Era um vampiro, dos melhores.

Agora ele andava pelo corredor e, antes de chegar à porta do quarto onde Alexandre tinha repousado, ouviu a voz do vampiro e da amiga. Falavam baixo, mas com muita energia. Raul encostou a orelha na madeira da porta para ouvi-los com maior clareza. Apesar das frases truncadas, encontrou uma grande verdade no meio.

— Impossível! — disse Patrícia.

— Goste ou não goste, garota, as coisas são assim.

— Não posso acreditar, é só isso o que te respondo agora.

— Acredite, acredite, Patrícia. É isso o que eu acho dele.

— Coisas assim não acontecem todos os dias, Alexandre.

— Isso eu sei.

— O que sugere que façamos?

— Mesmo com toda minha certeza, devemos esperar.

— Esperar? Até quando. Vamos acabar logo com isso. Se você tem certeza.

— Não. Não devemos agora. Não tenho tanta certeza assim.

— Tem certeza ou não tem?

— Espere, Patrícia. Espere. Vamos ver o que você descobre.

Raul afastou-se em silêncio e chegou à sala. A TV ligada na rede Record noticiava os últimos casos policiais de grande destaque. Nenhum dos alvos liquidados estava nas manchetes do dia. Talvez isso fosse bom. O trio vampiro estava no cômodo, apenas Alexandre prestava atenção na TV. Não achava intrigante o fato de nem uma linha a respeito do velho ou do traficante ser reportado. Também pudera. Os telejornais estavam cheios de gente falando do caso de Osasco. As imagens dos cemitérios da Bela Vista e de Santo Antônio se revezavam nos horários e nos canais. O vampiro virou-se, indo para a cozinha, justamente quando o número do Serviço de Contenção surgiu na tela, acompanhado do desenho de um garoto pálido e com dentes longos.

Patrícia passou pela sala e agora estava na sacada, observando o Parque Villa Lobos esvaziar-se com a chegada da noite. Ouvia os múltiplos apitos dos guardas do parque avisando aos freqüentadores que era hora de ir. Latidos de cães, o rolar de patins, a vida passando bem debaixo de seus olhos. Sentia-se afastada daquilo. Não tinha mais ânimo para passeios. Levantou a cabeça. De onde estava podia facilmente ver o prédio dos correios, próximo ao Ceasa. Bruno estava prostrado na mesa de jantar da enorme sala do apartamento, observando Patrícia. Os cabelos longos e negros da garota balançavam suavemente com a brisa. A vampira parecia mais atraente a cada noite. Exalava uma sensualidade que não tinha notado na primeira vez que botara os olhos nela. Movia-se com graça e tinha um jeito suave. Uma armadilha viva. Era isso que ela era. Não tinha esquecido do jeito com que a garota subjugara Alexandre no elevador. Tinha sido rápida como o capeta, agarrado o pescoço do amigo e o atirado ao chão num instante. Bruno sorriu. Ela é que tinha tido a brilhante idéia de se fingir de morta para escapar do cerco da polícia na noite em que deram cabo do velho assassino. Nunca que ele teria pensado nisso naquele aperto. Se tinha alguém naquela casa que queria ao seu lado na hora do próximo pega pra capar era ela, a vampira Patrícia. Olhou para os móveis caros que decoravam aquele ambiente. Quanto devia valer aquele apartamento? Mais de um milhão, com certeza. Tinha lido na *Vejinha* que os imóveis naquele bairro custavam uma facada. Por que o vampiro tinha gastado tanto? Por que estava investindo tanto neles? Ao menos os alvos eliminados não pareciam valer tanto. Bruno também queria entender melhor a matemática financeira da agência para a qual trabalhava. De onde vinha o dinheiro, quanto Ignácio ganhava por alvo eliminado? Seguramente um negócio rentável.

O telefone tocou. Os quatro olharam um instante para o aparelho sem fio, acoplado ao recarregador. Uma luzinha vermelha ficava piscando toda vez que a campainha tocava. Um calafrio. Chamou mais duas vezes até que Bruno, que estava sentado ao lado do aparelho, atendesse.

— Boa noite, Bruno.

— Boa noite, Ignácio.

— Já reconhece minha voz? Muito bom. Pressione o botão "viva-voz", por favor, Bruno. Quero falar com todos.

Bruno obedeceu, avisando ao grupo o pedido do vampiro. Os garotos trocaram olhares. Teriam uma nova tarefa para aquela noite?

— Queria, oficialmente, informar ao quarteto que todos foram aprovados com louvor após o primeiro teste. Estão todos contratados. Portanto, de agora em diante, trabalham oficialmente para minha agência. Bem-vindos ao time da Agência Jugular. Em alguns dias serão apresentados para a turma do turno da manhã. Aproveitem esse momento singular. Para a boa saúde da organização, esses encontros são bastante raros. Servirá apenas para saberem quem são os rostos por trás do telefone quando forem acionados para futuros assassinatos. Trabalharão juntos, os quatro. Não me importa quem seja o líder, não obstante sinto em Patrícia uma excelente energia de liderança. Seria uma sábia escolha colocá-la para gerenciar os contatos com o turno do dia.

— Quando será o próximo serviço? — perguntou Alexandre.

— Já está com fome, vampiro? Pensei que não gostasse de matar gente para se alimentar...

— Não gosto mesmo, velho. Acontece que foi você que nos procurou com essa lista de gente ruim, que merece ser morta. Dos males, o menor. Se para viver preciso matar, que sejam nomes dessa lista de crápulas.

A risada cínica e característica do vampiro veterano chegou pelo aparelho.

— Essa lista é uma caixinha de surpresas, garotos. Sangue é o que não faltará. No entanto, após esse período de estresse da iniciação, quero que descansem. Se quiserem sangue, contatem o turno da manhã pelo telefone do plantão, que foi deixado numa agenda cinza ao lado do telefone...

Os quatro convergiram o olhar para a mesa e encontraram a agenda.

— Eles trarão algumas bolsas de sangue fresco. Caso prefiram sair e caçar por conta própria, fiquem à vontade. Não quero refrear os instintos de ninguém. Mas poupem energia para os trabalhos. Eles recomeçarão em uma semana. Suave primeiro, mais agressivo depois. Ah, antes que eu me esqueça: o serviço de limusines foi cancelado. Seus carros de passeio e trabalho estão na garagem, as chaves estão no contato. Aproveitem. A noite é uma criança. A gente só vive uma vez, não é mesmo? — terminou Ignácio, emendando outra risada sinistra e desligando o aparelho.

— Por que ele ligou? Por que não veio aqui pessoalmente? Queria fazer umas perguntas. — queixou-se Raul.

— O safado deve saber que estamos com um monte de perguntas entaladas na garganta. Por isso não veio. Nem sabemos onde ele está... — observou Bruno.

— Onde está, exatamente, não sabemos. Mas eu sei que ele está para lá. — disse Patrícia, estendendo o braço em direção à janela.

— Como assim? "Está para lá"? Virou bruxa agora? — brincou Alexandre.

Patrícia encarou o vampiro com seriedade.

— Você deveria ler mais a *Cartilha da Escuridão*. Nela explica como nós podemos *sentir* nossos amigos... e inimigos também. Ignácio pode ser antigo e poderoso, mas são raríssimos os vampiros que conseguem bloquear essa sensação. Você mentaliza o vampiro que quer encontrar e começa a sentir um cutucar na cabeça, dizendo onde o vampiro está. Ignácio está para lá. Se andarmos nessa direção, cedo ou tarde a gente topa com ele.

— Como? Como você consegue fazer isso? — perguntou Alexandre.

— Leia o capítulo: Localizando vampiros. Muito útil.

— Massa! — emendou Raul. — Assim podemos prever quando um vampiro mais experiente vier ao nosso encalço... tipo, não precisamos mais ter medo dos vampiros que não conhecemos?

— Lamento, mas não é bem assim. Esse truque só vale para localizarmos vampiros que já vimos ao menos uma vez na vida. — explicou a mulher vampira.

Raul fez uma cara de contrariado enquanto Bruno fechava os olhos. De repente o rapaz musculoso ergueu o braço.

— Caras! Vocês não vão acreditar?

— O que?

— Aléxia! A mulher do Sétimo!

— O que tem? — indagou Alexandre, excitado.

— Está pra lá! — disse Bruno, indo para a sacada e apontando para a ponte do Jaguaré.

— Uau! — exclamou Raul, caindo sentado. — A Aléxia tá viva, cara.

— É um cutucarzinho bem fraquinho. Talvez eu esteja enganado.

— Não está, não. — disse Patrícia, se juntando ao amigo na sacada do apartamento. — Eu também estou sentindo. Aléxia viva... por essa eu não esperava.

— O que vamos fazer agora? Vamos ficar sentados esperando o próximo trabalho?

— Sei lá, Alexandre. Não sei quanto a vocês, mas eu estou morrendo de vontade de curtir uma balada. Desencanar um pouco dessa onda de alimentação sangüínea. Não tô com um pingo de sede esta noite. Alguém topa uma escapada para relaxar? — convidou Raul.

Os outros se olharam e sorriram.

— É, pode ser uma boa. — disse Alexandre.

— Vamos trocar de ares um pouco. Que tal um *shopping* primeiro? Nunca tive tanto dinheiro na conta. Quero experimentar essa novidade; entrar numa loja sem ter de me preocupar com o saldo bancário.

— Mulheres... — murmurou Alexandre, descontente com a idéia da amiga.

Bruno voltou para a sala.

— Pode ser, parceira. Pode ser.

Desceram ao estacionamento e confirmaram que os carros prometidos por Ignácio estavam lá. Quatro modelos diferentes. O quarteto imortal ficou de queixo caído. Cada um no seu estilo, impressionante. Enquanto andavam na direção dos veículos reluzentes, detrás de uma pilastra surgiu alguém. Um homem alto e forte, de ombros largos e usando terno bem cortado. Era negro, com o cabelo raspado. Sua careca reluzia tanto quanto o capô dos veículos. Os quatro colocaram-se em alerta. Os olhos de Raul acenderam-se em reflexo.

— Calma, amigos. — disse o homem com voz de trovão. — Calma. Sei muito bem o que esses olhos vermelhos significam. Sou da paz. Sou amigo.

Os quatro continuaram calados, olhando para o homem de voz grossa.

— Cada um de vocês vai receber uma belezinha dessas aí. Não fiquem com ciúmes uns dos outros, os quatro bebês são lindos. Apenas esse Lexus ES300, apelidado de "o caixão" pelo turno da manhã tem suas gracinhas a mais. É um carro de vampiro. Um carro de fuga. Na hora do aperto, vão querer o caixão por perto. É só apertar o botão especial na hora da emergência que o turno da manhã vai colocar tudo à disposição para vocês.

Os vampiros relaxaram um pouco e aproximaram-se dos veículos. Um mais lindo que o outro.

— Patrícia. Você vai ficar com essa belezinha aqui. — disse o homem, apontando para um carro estilo perua, grande e espaçoso. — É um Toyota Fielder zero bala. Garboso, potente e discreto. Tenho certeza de que você ficará amiguinha desse cavalo de passeio. — estendeu a chave para a garota.

O visitante apanhou outra chave e aproximou-se de um modelo agressivo, esportivo, com um cavalo na frente como logotipo.

— Bruno, Bruno. Não vá trocar seus companheiros de trabalho pelo acelerador. Eu mesmo turbinei esse bichinho para você tirar o melhor proveito do motor V-8. — o homem sentou-se no banco do motorista e ligou a máquina que roncou deliciosamente. — Te apresento o Mustang GT, último modelo. Não é discreto, mas é um legítimo corcel. Aproveite.

O sorriso de Bruno não cabia no rosto. Todo o semblante sombrio de vampiro de segundos atrás tinha desaparecido. Era só um garoto ganhando um presente muito, mas muito legal, mesmo.

— Alfa Romeo T Spark. — o homem tirou a chave do bolso e arremessou-a para Raul que a apanhou no ar. — Hatch, alto desempenho, *design* italiano de primeira, uma máquina e tanto... acho que não preciso falar muito, não é?

O sorriso de Raul confirmou. Não precisa dizer mais nada.

Finalmente estendeu a chave do caixão para Alexandre.

— Além de ser um carro fino e poderoso, Alexandre, o caixão conta com acessórios únicos. Quando a missão for daquelas cabeçudas, daquelas que você tem vontade de chamar a mãezinha para ir com você, escolham o caixão.

— Mas o que ele tem de tão especial?

O visitante apertou um botão no controle remoto do veículo que, num piscar de olhos, teve todos os vidros lacrados de cima para baixo por lâminas de metal que desceram como escamas. Seis compartimentos se abriram liberando orifícios de uma polegada cada um.

— Uau! — exclamaram em conjunto.

— Se o trampo apertar...

— Blindagem. — interferiu Raul.

— Não é simplesmente uma blindagem, amigo frio. Quando vocês ativam o módulo caixão, nada entra ou sai desse menino. A liga metálica é importada, desenvolvida na Alemanha. A entrada do sol será totalmente vedada e as escamas são impossíveis de serem removidas. Nem um raiozinho de sol vai varar essas janelas. As câmeras que surgem no módulo caixão transforma o Lexus num verdadeiro tanque de guerra esportivo. Será o esconderijo ideal para vocês, caso percam a hora. Entenderam?

Os vampiros sorriram. Tinham entendido. Se estivessem longe de casa, mas próximos do Lexus poderiam se esconder até o anoitecer.

— Bem, missão cumprida. Vocês têm os seus carros e eu tenho o meu dinheiro. Até a próxima necessidade, pessoal.

— Espere! — ordenou Patrícia.

O homem estacou e virou-se para eles mais uma vez.

— Pois não, senhorita.

— O seu nome. Você não disse seu nome.

O negro sorriu e baixou a cabeça reerguendo rapidamente.

— Pode me chamar de Bert. Todo mundo me chama assim.

— Bert?

— Isso. Bert. O cara que arruma as paradas.

Raul sorriu.

— Valeu, Bert. Curti muito esse carro. — agradeceu Alexandre, maravilhado.

Bert fitou os quatro um instante.

— Cuidado com esse carro, crianças. Cuidado. É um carro e tanto.

Os quatro agradeceram e finalmente Bert se foi.

Quando ficaram sozinhos, se olharam um momento. Os carros eram demais. Agora era só descobrir com qual iriam para a balada.

— Nós vamos no meu. Quero ver o que esse caixão tem de tão especial. E o bom é que é tão grande que cabe todo mundo dentro dele e com muita folga.

— Isso aí é carro de mafioso. — brincou Bruno.

— Com certeza. — juntou Raul.

Alexandre também riu, apertando novamente o botão do controle remoto e fazendo as escamas subirem, liberando os vidros e as portas.

O restante dos vampiros guardou as chaves nos bolsos.

O quarteto estava num bar de esquina na Mourato Coelho, no bairro de Pinheiros. Apesar de estarem num ambiente descontraído e a mesa cheia de bebidas, os quatro não conseguiam relaxar plenamente. Era como se fossem óleo sobre a água. Sabiam que não conseguiriam mais se misturar aos humanos como antes. Passar despercebido. Muitos reparavam na palidez mórbida do quarteto. Muitos desviavam o olhar com um frio na barriga. Os quatro sabiam que a partir do momento que escolheram se juntar a Ignácio tinham resolvido o assunto: humanos são alimento, não eram mais iguais, não eram mais irmãos da carne ou do espírito. Vampiros estavam um passo acima na cadeia alimentar. Sem se preocupar com conta para pagar, sem se preocupar com a dança das folhinhas nos calendários, sem atinar se era ano bissexto ou não. Seriam eternos enquanto mantivessem suas gargantas longe de espadas prateadas e estacas no peito. Eram caçadores de gente. A única diferença entre eles e Sétimo é que compactuavam para caçar a gente certa. Gente ruim. Gente que espalhava terror e violência. Gente que deixava o bailado dos mortais mais penoso e hediondo.

Patrícia era a mais calada. Os amigos contavam casos de quando eram vivos. Riam animados. Lembravam de nomes e situações.

Patrícia sentiu um frio na espinha. Do outro lado do bar, um rapaz pálido como ela a encarava! Patrícia sustentou o olhar. Era jovem, com coisa de trinta anos no máximo. Rosto fino, traços retos. Tinha um ar de bom moço. Mas os olhos eram frios como vidro na madrugada. Desviou o olhar buscando os amigos. Ainda riam alto. Uma piada. Voltou os olhos para o fundo do bar. O homem pálido tinha desaparecido. Patrícia levantou-se repentinamente. Sentia que estava sendo observada. Girou, procurando o estranho.

— Que bicho te mordeu, Patrícia? — perguntou Raul, notando a reação da amiga.

— Vampiro... — balbuciou a garota, virando a cabeça e procurando o estranho.

Alexandre riu ruidosamente.

— Vampiro? Um vampiro te mordeu?

— Um vampiro. Aqui. No bar. Está me observando, me vigiando. — disse a garota, sem parar de movimentar a cabeça, buscando a fisionomia do vampiro.

Os rapazes pararam de rir passando também a procurar por um rosto pálido como o deles. Alguém que possuísse olhos vermelhos cintilantes.

— Fala sério, vampira. Você viu o quê? — tornou Alexandre, preocupado.

Patrícia sentou-se. Estava incomodada. Dor de cabeça.

— Eu vi um cara. Um cara de rosto pálido. Estava olhando pra gente. Olhando pra mim. Direto nos olhos.

— E daí? Pode ser que não fosse um vampiro. Pode ser que tenha se assustado com seu rosto branco e rapou fora. Pode ser um gotiquinho que curtiu sua cara branca.

— Não é nada disso, Bruno. Tenho certeza. Era um vampiro. Estava olhando pra gente. Encarando.

Patrícia baixou a cabeça. Não conseguia achar o maldito. As batidas da música eletrônica infestavam os ouvidos do quarteto, embotando um pouco sua percepção. Seus olhos esquadrinhavam cada canto, cada sombra, cada face. Estavam inquietos e empertigados.

— Será que era um dos antigos? Um daqueles que o Ignácio falou pra gente no Masp?

— Ele também disse que os antigos poderiam querer nos eliminar. — reforçou Bruno.

— Acho melhor a gente dar uma volta. — sugeriu Alexandre. — Vamos sair do bar, olhos atentos. Não quero ficar de bobeira com um vampiro por perto.

— Antes vamos checar o bar. — orientou Bruno. — Vamos procurar esse sujeito. Quem encontrá-lo primeiro avisa os demais pelo celular. Ninguém encara o vampiro sozinho, pode ser perigoso, mas nós quatro juntos... a parada pode ser da boa.

— E se ligarmos para o Ignácio? — questionou Raul.

— Deixa o velho Ignácio fora disso. — rebateu Patrícia. — Tenho um palpite a respeito desse carinha. Estava só olhando. Não queria me atacar.

— Uhhh, além de vampira, nossa amiga virou adepta da Frazão, virou bruxa também. Está lendo o olhar das pessoas.

— Deixa de ser bobo, Alexandre. É só um palpite. Nunca precisei ser vampira ou bruxa pra ler os olhos das pessoas. Eram frios como os nossos, mas ele não queria me pegar.

Os vampiros rondaram o bar sem encontrar o homem descrito por Patrícia. Deixaram o local e rumaram de volta ao apartamento de Patríca que, mesmo sem uma declaração formal, passou a ser uma espécie de quartel-general do quarteto.

Patrícia e Bruno, de mãos dadas no banco de trás, discutiam a respeito do estranho episódio. Patrícia finalmente admitia que talvez tivesse sido um mero equívoco. Algum branquelo tentando flertar com ela. Pararam num farol vermelho. Alexandre e Raul voltavam a uma conversa ocupando os bancos dianteiros do imponente Lexus.

— Se fosse um vampiro, por que ele ficaria encarando você?

— Não sei, Bruno. Talvez estivesse tão surpreso quanto eu fiquei quando botei os olhos nele. Talvez ele não contasse em se deparar com uma mesa cheia de vampiros.

— E por que ele fugiria?

— Não sei. Não sou *expert* em vampiros ainda. Estou lendo a *Cartilha*, mas não consegui colocar em prática nem um décimo dos ensinamentos. As explicações são superficiais. E não encontrei nenhum tópico explicando por que um vampiro foge de outro.

— Talvez ele não tenha fugido. — comentou Bruno, olhando para a amiga. — Talvez ele tenha ido buscar ajuda.

— Ajuda para quê?

O farol abriu e o carro voltou a rodar, deixando o bairro de Pinheiros.

— Talvez ele tenha ido buscar ajuda para pegar a gente. Para acabar conosco.

— Aquele papo de vampiros mais antigos?

— É. Isso mesmo. Ignácio disse claramente que os antigos não gostam de novatos como nós.

Patrícia calou-se. Ficaram assim por mais de um minuto. O carro adentrou a praça Panamericana. Encostou no farol. Apesar de não ser tão tarde, estavam sozinhos naquele cruzamento. Assustaram-se quando bateram no vidro. Um rapaz rapidamente encostou a arma no vidro, apontando para a cabeça de Alexandre. Do outro lado, do lado dos passageiros, outro rapaz abriu a porta e entrou ao lado de Patrícia.

— Agora lascou. — murmurou Alexandre.

— Vai pra lá, grandalhão. Vai pra lá! — ordenou o sujeito que apontava a arma para Alexandre, passando a apontar o revólver para Bruno.

Bruno encarou o rapaz. Uma arma na mão. Nada mais. Olhou para o outro. Impaciente, empurrando Patrícia com o revólver. Duas armas.

O rapaz, agora com a porta aberta, soltou um murro no rosto de Bruno, nervoso, irritado, a ponto de fazer uma besteira.

— Cê tá surdo, caralho? Vai pra lá! Eu vou entrar!

Bruno juntou-se a Patrícia. Olhou para a amiga. Estava calma. A garota sorriu levemente, voltando a expressão fechada um segundo depois. Bruno retribuiu o sorriso. Voltou e encarou o garoto bandido.

Assim que bateu a porta, mandou Alexandre acelerar, tirou outro revólver da cintura, um 32, e enfiou a boca da arma no abdome do passageiro. Raul, na frente, ao lado de Alexandre, era o único que não tinha uma arma apontada para o corpo. Mantinha-se calado, observando o assaltante agitado no banco de trás. Ao menor vacilo do imbecil...

— Toca, velho. Toca! — olhou para Bruno e empurrou o cano que estava pousado na nuca de Alexandre. — Ô, grandão, se você mexer a unha eu enfio bala no seu amigo, meu mano enfia bala na cara da sua mina e eu ainda te deixo aleijado só pra tirar um barato.

— Voltando para Alexandre o bandidinho falou: — Se os *home* pára esse carro, cê morre, cara.

O farol abriu. A ação tinha sido rápida. Com sorte alguém teria visto a cena. Talvez alguém acionasse o 190. Essa seria a única chance.

O assaltante no banco de trás exalava um odor horrível, como se não tomasse banho há semanas. O cabelo cacheado e aloirado era uma massa suja, cheia de detritos, como se o rapaz tivesse dormido em lixeiras. Era, visivelmente, o mais nervoso.

— Passa a carteira. Todo mundo. Deixa eu ver.

O quarteto de amigos permaneceu imóvel.

— Vamos, cacete! Não estou brincando! — berrou o loiro fedorento, erguendo o cano da arma e pressionando a testa de Bruno.

Bruno, calmamente, passou a carteira para o assaltante.

— Cê também, moça. Passa a carteira.

Patrícia estendeu a bolsa, que foi apanhada pelo rapaz que estava ao seu lado.

O aloirado abriu a carteira de Bruno e logo estendeu para o comparsa.

— Conta o dinheiro, aí. Acho que fizemos a boa.

O outro gargalhou.

— Aí, mano, tem uma pá de cartão de crédito aqui. Vamo rodá com esses malucos e sacar tudo o que tiver na conta.

Os dois riram juntos.

— Vamos levantar um número pra comprar bagulho pra uma semana.

Riram de novo.

O fedorento encarou Bruno enquanto o revólver trinta e dois encostava na nuca do motorista. Olhou para Patrícia ao lado do grandalhão.

— Ô, mina. Cê é bonita pra caramba, mas podia ser menos branquela. Não toma sol, não? Fica só enfiada na casinha do papai de dia pra andar com esses vagabundos de noite? — perguntou, emendando uma risada e olhando para o comparsa.

— O gato comeu a língua do cês? Meu amigo fez uma pergunta, ô, morena. Responde.

— Que pergunta?

— Se você toma sol? É surda?

— O que você quer que eu responda? Se eu tomo sol ou se sou surda?

Bruno sorriu. O meliante percebeu o rosto descontraído do rapaz e empertigou-se.

— Tá tirando uma com a nossa cara, ô, morena? Tá tirando sarro? É melhor respeitar a gente, mina. Olha o tamanho do berro. Te estouro a cabeça. Te mato, hein!

— Se estourar minha cabeça, como vai sacar o dinheiro da minha conta?

— Cê acha que a gente é palhaço, mina? Tá tirando sarro da gente, sua vaquinha?

— Escuta aqui, ô mil e um, eu não tô tirando sarro de ninguém. Nem de você, nem da lixeira ambulante aí do lado. Só quero ficar longe de vocês o quanto antes e não quero conversa. Faz o que tem de fazer e me deixa em paz. Comprem um chuveiro com o dinheiro que estão levando, pelo amor de Deus!

— Ih, Celo, a branquelinha é nervosinha. — juntou o fedorento, estendendo o braço e encostando o cano na testa de Patrícia.

Nesse momento Bruno percebeu que poderia agarrar a arma do bandido e acabar com aquilo. No entanto, o cara ao lado de Patrícia poderia ser problema. Uma bala perdida poderia sair voando para a calçada. Decidiu aguardar uma oportunidade em que pudesse atacar simultaneamente os assaltantes.

— Ali, velho. Encosta o táxi ali. — exigiu o da frente, apontando para um caixa eletrônico vinte e quatro horas.

Alexandre, tranqüilamente, como se estivesse num passeio dominical, começou a diminuir e dar seta para encostar. Estava começando a achar divertido.

Raul olhou pelo retrovisor. Não tinha uma boa visão da cena. Mas estava aflito com a amiga no meio de dois bandidos.

Assim que parou, o rapaz ao lado da vampira, mais próximo da calçada, saiu com a arma rente ao corpo para não chamar a atenção. Puxou Patrícia pelo ombro.

— Vamo, engraçadinha. Você primeiro. Se tentar alguma coisa o veado grandão morre. E você também.

Patrícia acompanhou o bandido. Andaram uns vinte metros até chegar ao caixa. A garota, estrategicamente, fez com que entrassem juntos numa cabina mais escondida, oposta ao veículo estacionado.

A escuridão da noite engoliu assaltante e assaltada. Bruno, no entanto, dotado de visão de vampiro, podia enxergar sem problemas na escuridão. Podia ver Patrícia dentro da cabine. Podia ver o bandido perdendo a arma. Podia ver a cabeça dele batendo contra o vidro blindado, uma, duas, três vezes. O nariz estourando sangrava. Bruno abriu um sorriso largo, teve vontade de rir. Lançou um olhar de canto para a frente. Alexandre e Raul tinham o mesmo sorrisinho cínico no rosto. Queriam furar a jugular do fedorento ao seu lado. Iam mostrar àquele pivete filho duma mãe o quão encrencado ele estava. A arma estava encostada na sua barriga. Sabia que o rapaz estava nervoso. Seu amigo começava a demorar. Bruno deixou seus caninos brotarem suavemente. Ia abrir um rasgo no pescoço da vítima. Que danasse Ignácio e suas recomendações! Ia matar o filho da mãe que ousara invadir o carro de seu amigo e enfiar armas em suas cabeças. Estava pouco se lixando para a humanidade e precariedade do bandido. Direitos humanos uma pinóia. Bruno virou o rosto para o rapaz. O fedorento olhava para o caixa. Certamente enervado pela demora.

— Seu amigo já era. — balbuciou Bruno.

O assaltante virou-se para o rapaz. Soltou um grito ao deparar-se com o par de olhos vermelhos ardendo como brasas.

Bruno agarrou o revólver e torceu-o junto com a mão do rapaz, fazendo alguns dedos estralarem. Ossos viraram migalhas. O bandido gritou de dor soltando a arma. A mão do desesperado assaltante tateava desordenadamente o forro da porta buscando a trava para abrir o carro e escapar daquele demônio. Alexandre, percebendo o desespero e a intenção do sujeitinho, apimentou o cenário ao travar automaticamente as quatro portas. O marginal estava preso na própria arapuca. O rapaz começou a bater com o cotovelo no vidro. Nem que descarregasse a arma na janela conseguiria varar a blindagem. Estava acabado. As mãos do demônio de olhos vermelhos fecharam-se sobre seu pescoço, interrompendo-lhe a respiração.

— Você também já era. — balbuciou novamente o vampiro, agora com a voz misturada a um grunhido sutil.

Os olhos de Alexandre e Raul estavam fixos na vítima que sufocava com o pescoço sendo esmagado. Seus olhos não mostravam misericórdia pelo sujeito. Queriam partilhar o sangue quente. Bruno fechou as presas sobre a jugular do rapaz. O bandido tremia e soltava grunhidos que foram enfraquecendo à medida que o sangue escapava de seu corpo para a garganta do grandalhão.

Patrícia, com o rosto lavado de sangue aproximava-se.

Alexandre e Raul tomaram os braços do bandido e abriram feridas em seus punhos.

Patrícia abriu a porta. O corpo do bandido só não foi ao chão porque era sustentado pelos vampiros famintos, que sorviam generosos goles de sangue vivo. Os olhos do bandido se encontraram com os de Patrícia. O olhar era vago e já sem energia. O olhar de alguém que atravessa a ponte, que cruzava o manto, rumo à grande Aventura.

Bruno sugava afoito o alimento através da ferida. Uma pessoa aproximou-se do carro. Certamente tinha achado as linhas do veículo espetaculares e queria ver de perto que automóvel era aquele. No entanto, Patrícia virou-se e encarou o intruso. A pessoa, vendo o rosto sujo de sangue da garota, interrompeu a aproximação, fazendo uma careta de horror, dando meia-volta e afastando-se.

Patrícia abaixou-se junto ao corpo do bandido para usar a camisa imunda do assaltante morto como guardanapo. Limpou o sangue do rosto branco.

— Anda logo, gente. Alguém nos viu. Vamos logo. Não quero problemas com o velho.

Bruno puxou o corpo exangue do assaltante e também limpou o rosto na roupa do morto. Jogou-o para fora sem cerimônia alguma. Alexandre deu partida no Lexus e partiram.

Deixavam para trás dois cadáveres e, ao menos, duas testemunhas.

Um dos expectadores da cena, um homem de pele branca e tão abatida quanto a dos cadáveres se aproximou das vítimas. Olhou para o sedã que se afastava imponente, depois olhou para os dois pobres coitados. Seus olhos cintilaram rapidamente, um vermelho-vivo, um vermelho perigoso. Seus lábios emitiram um sorriso leve. O homem voltou a caminhar, afastando-se da cena. Chegava à esquina quando ouviu o primeiro grito.

CAPÍTULO 22

Régis encostou-se rente ao batente da porta e olhou rapidamente para o corredor. Mesmo que os policiais pudessem vê-lo não iriam atirar. Sabia como as coisas funcionavam. Olhou para dentro da cela. Ali, naquele exíguo espaço de três por três os rebelados mantinham seis reféns. O resto dos detentos estavam espalhados pelo cadeião, tacando fogo nos colchões e cobertores, brandindo estiletes feitos de pedaços de ferro. O cheiro de fumaça e carne queimada infestava todo o complexo penitenciário, atribuindo-lhe uma atmosfera ainda mais hedionda, infernal e degradada. Os prisioneiros rebelados estavam aproveitando a desorganização instaurada para executar desafetos junto com dois dos reféns. Agora tinha sobrado meia dúzia de funcionários da cadeia pública nas mãos dos presidiários e iriam suar bastante naquele buraco. Régis voltou para a cela. Olhou para o carcereiro que duas horas atrás batia nas grades de seu cafofo para levar o Almir para o hospital do Estado. O carcereiro Xavier não era do tipo que dava mole, mas a encenação dos detentos chegou ao cuidado de obrigar Almir a vomitar e fingir um ataque de convulsões, batendo a cabeça contra o chão. Xavier abriu a grade esbaforido, com a pistola na mão mandou os malacos agarrarem os membros do suposto doente, mas no primeiro vacilo, assim que Xavier deu bandeira, Régis, malandro criado na periferia, freqüentador assíduo das rodas de capoeira, aguiu. O chute gingado arremessou a pistola do agente penitenciário da mão e com o movimento seguinte o malandro encostou a ponta do estilete de ferro afiado no queixo da vítima. Fácil. Almir levantou xingando os parceiros por causa do galo que crescia na cabeça. Zé do Baile pegou a arma no chão e tirou as chaves da cintura do agente que respirava ofegante, preso pela gravata de Régis e a ponta aguçada do estilete.

Em cinco minutos tinham reféns e o descontrole total do cadeião nas mãos. Quatro funcionários conseguiram barrar a passagem dos detentos à bala e lacrar a frente do cadeião, mantendo a passagem principal da carceragem bloqueada. Não acederam às ameaças dos bandidos que viram sua tentativa de fuga frustrada. A confusão aumentou. Os dois primeiros agentes foram estiletados e sangraram até a morte, seus corpos, arremessados a fogueiras, alimentaram as chamas. Só faltava agora a chegada da televisão para começarem a fazer as exigências. A superlotação do cadeião era ignorada, e a cada dia mais e mais meliantes eram atirados atrás das grades. Uma vez que não fugiriam pela porta da frente, transformariam aquela baderna num ato político.

Aléxia sentiu o cheiro da morte ainda longe. Hélio viu os pontos de luz e a fumaça subindo ao céu. Os olhos da dupla se encontraram e o bicho grunhiu, voltando ao galope. Aléxia reconheceu o formato da construção. Cercado por muros altos, por cercas e havia torres de vigia em seus cantos. Uma cadeia pública. A vampira já tinha visto aquilo nos telejornais. E era isso que buscava. Homens confinados, uma boa briga e muito sangue. Honraria a selvageria de Sétimo, buscaria energia para seu restabelecimento. Estugou Hélio como se fosse um cavalo. Agarrou-se firmemente aos pêlos do bicho. Quem visse de longe aquela forma estranha não saberia onde terminava a amazona e onde começava a montaria.

O comunicado chegou até os aparelhos do furgão oliva-escuro. Um dos operadores de Internet decodificou o documento e imprimiu a página, passando-a ao capitão. Brites leu o relato e devolveu o papel para o soldado.

— Ignore, soldado, é só uma rebelião de porta de cadeia.

O furgão trafegava em baixa velocidade pelo centro de São Paulo. Contornaram o largo do Paissandu e, em instantes, tomaram a 23 de Maio e o motorista viu as estruturas da centenária estação Júlio Prestes. Acelerou o furgão e continuou a ronda avançada.

Os policiais que tentavam manter os presos ainda trancafiados, olhavam os monitores, fazendo a vigilância na medida do possível. Já tinham visto colchões flamejantes cruzando os muros, tijolos arrancados de muretas voando até o mato marginal, pedaços de pau e ferro. Estavam destruindo a cadeia. No entanto foi algo fazendo o caminho oposto que travou os olhos dos agentes penitenciários nos monitores. Algo que tinha cruzado o muro de fora para dentro. Basílio e Eduardo ficaram com as vistas pregadas nos aparelhos. Algo enorme e recoberto de pêlos tinha escalado os muros e saltado para o pátio interno. O coração de Basílio disparou. Sabia o que era aquilo. Tinha ouvido o noticiário na noite passada. O Serviço de Contenção. O telefone piscava na televisão toda hora.

— Liga a televisão! — gritou para Eduardo.

Estavam falando de zumbis e daquilo ali. Um bicho peludo, com dois metros de comprimento e largo como um armário. O bicho, lá dentro, levantou as patas dianteiras e colocou-se de pé, ficando ainda mais alto. O urro demoníaco atravessou o pátio e os corredores, venceu a algazarra dos amotinados e fez vibrar os vidros da sala de monitoração.

— É um lobisomem! — gritou Basílio. — Temos de ligar para aquele telefone! É um infecto, rapaz!

Eduardo, sem dizer nada, arrastou uma cadeira de couro até a porta e calçou a maçaneta. Não tinha anotado o telefone do Serviço de Contenção. Aquilo lá no pátio não era um infecto coisa nenhuma. Era um diabo, isso, sim. Um capeta cuspido da terra para assolar os pecadores. Isso, sim. Eduardo baixou a cabeça e começou a orar baixinho.

Os olhos de Basílio voltaram para a telinha que mostrava o bicho. A fera era tão inconcebível e descomunal que não prestou atenção no monitor superior à esquerda. Se tivesse feito isso teria visto outra criatura dar mais vida a essa trama fora do comum. Uma mulher de corpo bem-feito, coberta com um capuz e capa negra, parada em cima do muro, olhando, garbosa e firme, para os amotinados que corriam do pátio, fugindo do lobisomem.

Régis corria pelos corredores como os demais. Não sabia o que era, mas certamente a tropa de choque tinha invadido o cadeião e vinha descendo o cacete na galera. Só o choque fazia aquela cambada correr daquele jeito gritando até pela mãe. Régis escondeu-se numa cela escura e desocupada. Viu um monte de camaradas passando correndo. Uns olhavam para trás e gritavam ainda mais. Cacete! O choque devia estar possuído pelo capeta para arrancar tanto grito assim. Foi no meio desse pensamento que escutou o rugido. Os pêlos do corpo se arrepiaram todinho. Uma gastura revirou o estômago. Não era o barulho dos cães pastores da tropa. Era barulho de coisa maior. Nenhum bicho veio à sua cabeça. Não conhecia aquele rugido. Depois um uivo longo. Régis começou a tremer. Seus olhos vidraram quando viu o Bruno Surfistinha se arrastando com rabo colado no chão. O cara estava apavorado, tremia dos pés à cabeça. Régis conhecia bem o Bruno Surfistinha. Ele era chegado, mas não era medroso. Tinha cada história para contar. Mas agora via o rapaz se arrastando. Quando só as pernas do Bruno restavam no retângulo de luz e visão do corredor que tinha através da porta da cela, Régis estremeceu. Outro rugido daqueles. Duas patas enormes e peludas bateram no chão. A cabeça gigante de um cachorro surgiu naquele retângulo de luz. Régis abaixou-se na muretinha que dividia o quarto com o vaso sanitário. Abaixou-se e estreitou os olhos. Mesmo morrendo de vontade de gritar e desaparecer dali, não conseguia parar de olhar. A fera urrou tão forte que sangue voou de sua boca e, num reflexo de puro medo, Régis mordeu a língua com tanta força que sentiu o líquido quente enchendo sua boca. Não gemeu de dor. Não gritou. Seus olhos não acreditavam no que viam. Só podia ser ilusão. A fera, num átimo, avançou e comeu as pernas do Bruno Surfistinha! Mais uma bocada e metade do amigo tinha ido para o inferno. Régis viu o chão banhar-se em sangue e Bruno, só com o tronco para cima, tentando arrastar-se para dentro da cela escura. Régis assustou-se e caiu para trás. Ele não podia entrar! Deus do Céu! Não podia entrar! Se entrasse o bicho também o encontraria. Régis assustou-se com um segundo barulho. Com seu movimento no meio do susto tinha tirado o cano da bacia fora do lugar. Agora um jato d'água batia na mureta. Régis olhou para fora. O monstro deleitava-se, comendo feito cachorro faminto, as tripas do que restara do rapaz. Virou-se para o cano que espirrava água e tirou a camiseta, enfiando-a pelo buraco, mais para conter o barulho que o vazamento fazia do que preocupado com a água. Tremia dos pés à cabeça. Olhou pela muretinha de novo. A fera urrou do lado de fora e disparou, provavelmente avançando na direção de outro condenado. Régis segurou firme o estilete que tinha deixado cair e foi pé ante pé até o corredor. Olhou de canto. O monstro mordeu mais um condenado e arrancou-lhe a perna, sem perder tempo, pendeu a bocarra para o lado e agarrou outro pelo pé. Os presos só faziam gritar e correr. Régis olhou para a outra ponta do corredor. Viu os restos de pelo menos doze pessoas tombadas e carcomidas. Benzeu-se enquanto pensava em fechar a cela e se trancar do lado de dentro. Passou a mão no canto do lábio sujo de sangue. Agora lembrava-se que tinha mordido o músculo e a língua doía. Quando se virou para a cela escura não conteve o grito. Duas brasas vermelhas brilhavam na escuridão. Antes que conseguisse se virar de novo para correr dali, sentiu um aperto no pescoço.

Aléxia ergueu o prisioneiro do chão e fitou-o nos olhos.

— Sua boca, carinha. Parece tão gostosa.

A vampira mordeu a boca do rapaz e puxou seu lábio inferior até que a pele rasgou. Apertou com mais força o pescoço da vítima banhando os dedos com sangue. Arrastou-o para a escuridão e desceu os caninos até a jugular da vítima. Não estava numa boa fase. Não queria discrição. Queria banhar-se em sangue e alimentar-se não só do líquido, mas também do pavor que exalava dos poros dos pobres coitados.

Uma hora depois a porta da sala de monitoração foi arrombada. Quatro soldados da tropa de choque invadiram o cômodo com escudos transparentes e pistolas empunhadas. Os agentes se identificaram e franquearam caminho até a grade de acesso ao interior da cadeia. Uma tropa com cerca de sessenta homens se alinhou, preparada para entrar, sob o comando de um capitão e dois tenentes. Os agentes penitenciários se dirigiram ao capitão.

— Senhor, avisamos que tem uma criatura lá dentro. Vocês vão entrar?

Sem responder, o capitão orientou seus homens. Já tinha avisado ao Exército sobre o reporte dos agentes penitenciários. A invasão foi ordenada e não deveria aguardar o grupo de Operações Especiais. Tinham de agir imediatamente. No entanto, o grupo de Operações Especiais tinha enviado apenas uma recomendação.

Assim que os soldados atravessaram o gradil, o capitão virou-se para os agentes.

— Tranquem tudo. Ninguém sai daqui antes do OE chegar. — disse o capitão, baixando a proteção transparente do característico capacete da tropa de choque.

Esperava um confronto violento e sangrento, brandindo seu cacetete contra a turba de bandidos, entrando nos corredores em formação, com objetos arremessados pelos amotinados, batendo contra os escudos. Contudo, não houve luta. O resto estava lá, em cada cela. Bandidos, violência e sangue. Mais que isso, até. Corpos empalidecidos, pessoas dilaceradas, poças e rastros de sangue. Ninguém vivo. Ninguém vivo. A morte estava em todos os cantos. Os soldados baixaram os escudos e procuraram algum sobrevivente. Nada. Todos mortos. Pilhas de corpos. A disposição da maioria revelava o desejo de fuga em cada um até o momento final. Muitos dos mutilados tinham trilhas de sangue por onde tinham se arrastado, na tentativa vã de escapar do lobo e da vampira.

Meia hora após ter entrado, o capitão voltou até a sala onde estavam os agentes. Ergueu o capacete sujo de sangue e avisou:

— Deixe todo mundo entrar. Não há sobreviventes.

CAPÍTULO 23

O homem achou aquele freguês bastante estranho. Desde o aviso na TV, o agito da noite não era mais o mesmo. Até as coisas se acalmarem, os amigos do comércio tinham decidido cerrar as portas às dez da noite. Não valia muito ficar até mais tarde porque o grosso das pessoas, vítimas do pânico coletivo, desaparecia das ruas depois que o sol se punha. Às nove da noite a maioria dos quarteirões do centro estava deserta. Esse negócio de caça aos infectos não estava fazendo bem para ninguém. E tudo era culpa de uns lunáticos que maquiavam a cara e ficavam brancos como papel sulfite para parecer com vampiros. Se era isso que aquele cara queria, era isso que ele ia ter. Essa noite ia tomar um belo dum susto para largar a mão de ser besta. Sem que o homem percebesse, o delator discou para o número do Serviço de Contenção exibido de minuto em minuto na TV. Agora era só esperar para ver.

O vampiro tinha outras assombrações rondando sua cabeça. Não estava prestando atenção no cara sentado na mesa na calçada. Estava com a cabeça baixa, fingindo que bebia seu copo de uísque, fingindo que gostava de fumar, levando de tempos em tempos o cigarro até a boca.

Samuel pensava na garota que tinha visto instantes atrás. No modo como ela matara o cara na cabine do Banco 24 horas. Era uma novata, não tinha dúvidas. Cercada por três rapazinhos tão novos quanto ela. O carro importado, o papo que levavam na mesa. Não tinham ficado dúvidas. Eram pupilos de Ignácio. Eram filhos de Sétimo e, como tal, certamente chegariam ao grau de agressividade que o velho vampiro precisava para pôr seu plano em prática. Samuel soltou a fumaça na direção do espelho do bar. Estava cheio daquela lengalenga de Ignácio. Sabia muito bem o que ele queria com os jovens. A ira de Sétimo era a chave. Por isso arrebanhar quatro logo numa tacada só. De besta o velho vampiro não tinha nada. Samuel entornou um grande gole da bebida. Talvez devesse interferir. Talvez não. Podia ficar de perto, vendo o circo pegar fogo e até podia jogar um ou dois litros de gasolina nesse incêndio. Samuel sorriu. Gostava disso. Na sua vida pregressa sempre fora o tipinho pacato e boa gente. Agora nada interessava. Na vida escura era cada um por si. Mas até que a vampirinha era um pedaço de mau-caminho. Valeria a pena qualquer confusão para aninhar aquela garota pequenininha e mirrada mas com o fogo de Sétimo queimando nos olhos. Repassou a forma rápida e fácil com que ela deu um jeito no trombadinha. Eficaz, limpa e violenta. O vampiro bateu as cinzas do cigarro no cinzeiro e ergueu o dedo para a *barwoman* que lhe estava observando nos últimos dez minutos. Samuel sacudiu o copo no fim, balançando o gelo e sorveu o último gole. A bebida não tinha sabor nem temperatura na língua do vampiro. Era como experimentar um copo de nada. Mas valia a encenação. Enganava, ludibriava, dava confiança para as mulheres se aproximarem de um cara normal, fumando um cigarro normal, bebendo uma bebida normal. Era como Ignácio dizia. Vampiros tinham de ser garças entre as garças.

A *barwoman* aproximou-se com outro copo de uísque e colocou debaixo um guardanapo de papel. Samuel agradeceu, olhando-a longamente nos olhos castanhos. A mulher ficou sem graça e se afastou. Samuel notou que ambos eram observados pelo dono do bar. O homem estava incomodado com alguma coisa. Samuel passou a mão no queixo e depois tomou um gole do novo copo de bebida. O bar não estava tão cheio, movimentado, mas com metade do volume costumeiro de pessoas que sempre se encontrava ali. Hoje a maioria era de homens que tinham saído do escritório, as mulheres tinham corrido para casa. Culpa do Exército.

Samuel voltou os olhos para a *barwoman*. Ela encarava-o novamente. O dono do bar também. Ele tinha um olhar esquisito, arredio. Estava escondendo alguma coisa. Samuel fitou-o mais um tempo. O desconforto do homem ascendeu o odor do medo. Samuel aspirou fundo. Medo. O que aquele desgraçado estava fazendo? Tornou a olhar para a *barwoman*. A mulher moveu os olhos para o copo. Samuel dissimulou. Quando o homem olhou para fora e depois para o relógio, o vampiro percebeu o guardanapo. No fundo do copo viu letras. Tirou suavemente o guardanapo e sorriu. Filha da mãe. A garota era das suas. Tinha-se valido do mesmo expediente que se valera para contatar a vampirinha deliciosa. Samuel leu as letras de fôrma malgrafadas no papel branco: Saia pelos fundos. Eu destranquei a porta do banheiro. Ele chamou os caras.

Primeiro o vampiro ficou estático. Era difícil ficar surpreso nos dias de hoje. A mulher estava se arriscando por ele. Avisando sobre o filho da mãe do dono do bar. Desgraçado. Samuel conteve o ímpeto de voar na garganta daquele senhor. Virou a bebida toda e colocou uma nota no balcão. Caminhou até o banheiro como quem vai urinar. Antes de a porta se fechar, ouviu a freada na frente do bar. Eles estavam ali. Viu a tal da porta que ela mencionara no bilhete. O banheiro tinha porta por onde tinha acabado de passar e a que estava à sua frente, que deveria ficar trancada durante o expediente. Girou a maçaneta. Estava aberta. Chegou a um corredor lateral do bar. Na calçada havia uma grade alta e gente passando. Olhou para cima.

Dentro do bar os soldados apontavam suas armas para os freqüentadores. Wellington vinha na frente olhando nos olhos de um por um. O dono do bar adiantou-se. Não queria seus clientes constrangidos por culpa de um sujeito só. Disse ao tenente que o suspeito estava no banheiro. Wellington sinalizou para os soldados que caminharam em par até a porta do banheiro. Um empurrou a porta enquanto o outro entrou. Viu outra porta aberta do outro lado. Entrou com a arma apontada para a frente e saiu para o corredor. O segundo soldado também passou. Wellington arregalou os olhos quando a segunda porta se fechou batendo forte. Disparos e gritos. O tenente levou à mão a pistola no coldre e atravessou o banheiro enfiando o coturno na porta. Saiu para o corredor. Um vulto negro sumia para cima do prédio seguinte. Ergueu a pistola prateada e efetuou três disparos. Acionou o rádio que ia conectado em um *headphone* e ditou ordens ao helicóptero.

— Caçador Dois para Carcará.

— *Prossiga, Caçador.* — respondeu a voz no rádio.

— Infecto deixou o recinto e rumou pelos telhados das imediações. Último avistamento há quinze segundos. Objeto se deslocando sobre os pés, direção noroeste.

— *Entendido, Caçador. Carcará Sete a caminho.*

— Localize-o e passe as coordenadas para as equipes no solo, câmbio e desligo.

— *Entendido, Caçador. Câmbio e desligo.*

Só então Wellington baixou os olhos para os dois soldados que foram surpreendidos pelo vampiro. Estavam corados e sem marcas de furos para drenagem do sangue, no entanto a criatura fora eficiente em neutralizá-los. Os pescoços dos dois foram quebrados e suas cabeças pendiam de forma estranha, formando ângulos de noventa graus em relação ao resto do corpo. O tenente acionou o rádio mais uma vez.

— Controle, contate o capitão Brites. Informe que Caçador Quatorze e Vinte e Dois estão fora do jogo.

Wellington não aguardou resposta dessa vez. Foi até o balcão do bar e fitou a *barwoman* longamente. A garota baixou os olhos, constrangida com o homem uniformizado. Voltou a encará-lo com seus olhos castanho-claros. Não. Não ia se sentir culpada por aqueles dois. Sentir-se-ia culpada apunhalando aquele cara que estivera ali cinco minutos antes. Se era verdade o que as TV's diziam, sentia-se feliz em ter ajudado um infecto. Infectos eram vampiros, só não os chamavam pelo nome certo. Vampiros valiam a pena. Tatiana apanhou a garrafa de uísque do qual a criatura bebera e deitou uma dose caubói para o tenente, colocou no balcão e sorriu para o homem.

— Essa é por conta da casa.

Wellington meneou a cabeça e tomou a dose numa virada só. Não estava para sorrisos, apenas agradeceu e voltou para o furgão. A noite estava só começando.

Alguns pedriscos tinham voado da parede quando aquele militar disparou. Sua roupa tinha se enchido de pedrinhas. Samuel, longe do bar, batia na blusa negra de lã para tirar a sujeira. Tinha-se afastado em velocidade pelos telhados. O facho de luz do helicóptero passou perto de onde estava. Moveu-se novamente, saltando pelos antigos telhados da escola de medicina. Desceu a longa parede com rapidez e facilidade, parecendo que tinha ventosas nas mãos e nos pés, parecendo uma aranha humana. Atravessou a deserta Doutor Arnaldo e, com um salto ágil, estava dentro do campo santo. Caminhou entre os túmulos do cemitério. Não era o seu cemitério, mas até aquele helicóptero desistir, daria um tempo por ali. Gostava daqueles lugares não por causa da imagem feita do vampiro que dorme em caixões, sim porque conhecia as tumbas abandonadas e esquecidas pelo tempo e sabia onde descansar o esqueleto nas horas de sol. O seu preferido era o da Consolação, onde se recolhia nas horas de sol num mausoléu construído em 1932, cinzento e belíssimo. Lá havia ajeitado as coisas para que não fosse incomodado. Levantara o nome da família e fizera-se passar por um parente muito reservado, deixando as taxas sempre pagas e uma carta com um pedido incomum. Que o mausoléu jamais fosse violado, sem manutenção de pedreiros sem jardineiros e sem visitas de tipo algum. Nunca foram feitas perguntas e tudo corria bem nesse oportuno acerto. O cemitério era calmo. Quando lhe perguntavam onde morava, Samuel sorria, dizendo que não gostava da vizinhança quieta demais, meio mortona. Nunca revelava sua moradia. Agora tinha-se aconchegado sobre um túmulo de mármore e olhava para a Lua brilhante no céu. Estava já calmo e distraído quando a ouviu chegando. Olhou para o lado e viu os contornos femininos da vampira.

Isabela era linda. Olhos de um azul profundo e magnético. Sardas distribuídas pela pele gritantemente branca. Cabelos vermelhos e suavemente ondulados que terminavam quase no quadril. Um demônio dos melhores.

— Ele sabe que você está xeretando. — disse a mulher de voz forte.

— Ele que se dane.

Os olhos da vampira ficaram rubros e luminescentes.

— Continua ousado, vampiro. Ousado e inconseqüente.

— Desde quando é inconseqüente aquele que não segue seu amigo?

— Desde quando o inconseqüente deseja interferir.

Samuel sentou-se e encarou a bela vampira.

— Sabia que essa voz não combina com você. Essa sua aparência delicada, desprotegida, devia ter uma voz mais suave, mas aguda.

Isabela sorriu.

Samuel deu um tapinha no mármore ao seu lado.

— Fique tranqüila. Seu recado está dado.

Isabela sentou-se ao lado dele. Agora ela olhava o helicóptero que sobrevoava o estádio do Pacaembu.

— Estão atrás de nós. — tornou a vampira.

— É. Agora somos infectos.

— É por isso que ele se preocupa com novatos. Veja o que esses lobos estão fazendo. Chamam a atenção por demais. Sétimo, que não era um novato, agia como um garoto, seguido por uma turba de adolescentes. Te juro que me decepcionei com a criatura.

— Ainda bem que nos decepcionamos. Ainda bem.

— Ele disse que foi um humano que arrancou a cabeça de Sétimo.

Samuel levantou-se sinceramente interessado.

— Sério?

— Sim. — continuou a vampira. — Disse que é um humano muito, mas muito especial. E para nós, infectos, muito, muito perigoso.

Os dois se olharam por um instante e, de repente, desataram a rir.

— Perigoso para nós. Ah! Ah! Ah! — riu Samuel. — Tenho pena se ele cruzar seu caminho, demônio ruivo.

A vampira sorriu largamente exibindo seus dentes longos e finíssimos, muito mais finos do que os de um vampiro comum.

— Não adianta me elogiar, Samuel. Gosto de ti, mas cedo ou tarde teremos nossa hora, não é mesmo?

Samuel aproximou-se de Isabela e segurou-a pela cintura, estreitando a distância entre seus corpos.

— Mal posso esperar, meu anjo ruivo.

Isabela repeliu-o com força, fazendo Samuel bater contra a tumba e dobrar o corpo. Quando o vampiro levantou o rosto, ela havia desaparecido.

— Sei que você quer que essa hora, chegue, vampira. Mas lembre-se: Eu, sim, sou um vampiro muito, muito especial.

A risada de Isabela retumbou no cemitério da Doutor Arnaldo. Samuel sorriu e voltou a deitar-se sobre a tumba. Não iria se irritar por enquanto. A hora certa chegaria.

CAPÍTULO 24

Patrícia e Bruno, Raul e Alexandre subiam ao apartamento da garota. Desde a praça Panamericana estavam calados. Cada qual submerso em sua corrente de pensamentos.

Ao entrar no apartamento da vampira, Alexandre foi direto para a cozinha e apanhou uma das bolsas de sangue. Os dois assaltantes não tinham sido o suficiente para aplacar sua fome. Esvaziou a bolsa rapidamente e logo estava de volta à sala, ligando a TV. Parou justamente num canal que reprisava um clássico filme de vampiros, que misturava o horror a doses de humor negro. *Inocente Mordida* tirou alguns sorrisos da face fria do jovem assassino.

Raul foi para a sacada do apartamento, gostava do vento da madrugada. O parque estava deserto. Depois de alguns instantes viu uma lanterna solitária no meio das árvores. Provavelmente um vigilante.

Bruno sentou-se no sofá e relaxou o corpo.

Patrícia andava na sala de lá para cá. Visivelmente perturbada.

— Não sei o que deu na gente! Não precisávamos ter matado os dois.

— Deu fome, gatinha. Deu fome. — rebateu Alexandre.

Patrícia fuzilou o vampiro com seus olhos.

— Não me chame de gatinha, ô cabeçudo. Não é uma boa hora.

— Pra você nunca é boa hora pra nada. Por que não pensou nisso antes de enfiar o dente no cara?

Patrícia deu dois passos para a frente.

Alexandre saltou do sofá, seus olhos acenderam e as presas saltaram. Num piscar de olhos sua mão estava na garganta de Patrícia. A vampira agarrou o braço do garoto de cabelos arrepiados e fixou seus olhos nos olhos brasis do oponente.

— Me solta.

— Aquele dia, no elevador, você deu muita sorte, guria. Eu não gosto de ser feito de palhaço! — urrou Alexandre, fora de controle, arremessando o corpo pequeno de Patrícia como se fosse uma boneca de pano.

Patrícia caiu com estardalhaço sobre uma mesa de centro no meio da sala. Dois vasos que enfeitavam o tampo de madeira voaram para os lados e quebraram. A garota rolou sobre o próprio corpo e agachou-se ao canto da sala. O canto escuro e mergulhado nas sombras adquiriu uma luminosidade rubra. Patrícia grunhiu.

Alexandre curvou o corpo e urrou. Antes que partisse para cima da garota, se viu agarrado por Raul e Bruno, que também empregavam poder vampírico para contê-lo.

— Me larguem! Me larguem! — urrou o vampiro.

Patrícia aproximou-se, refeita e batendo na roupa para colocá-la no lugar. Inspirou fundo clamando por autocontrole.

— Me larguem! Desgraçados! Eu não sou otário para receber ordens de uma catatau feito essa aí.

Patrícia olhou para Bruno e Raul. Não precisou emitir uma palavra. Eles pareceram ouvir seus pensamentos. A vampira olhou no fundo dos olhos vermelhos de Alexandre. Os vampiros soltaram o colega. Alexandre arfava, inspirando e expirando como um bicho acuado. Rosnava baixinho. Patrícia continuou encarando-o e num instante os olhos do amigo voltaram ao profundo verde-escuro.

— É disso que estou falando. Lá na praça eu perdi o controle, igual você perdeu aqui, agora.

— Eu não perdi o controle, guria. Você veio para cima de mim.

— Nós estamos perdendo nossa calma. Não somos mais iguais como antes de cruzar com Ignácio.

— Nisso eu concordo. — juntou Raul.

— Estamos mais agressivos. Estamos virando monstros.

— Não pensei duas vezes em acabar com aquele desgraçado ao vê-lo apontando as armas para nós. — completou Bruno, assumindo também sua parcela de culpa. — Parecia que eu só queria um pretexto, qualquer bobagenzinha para acabar com a raça dele. Entenderam? Eu não queria simplesmente me fartar no sangue dele. Eu queria acabar com ele. Aniquilá-lo.

— Apontar uma arma para minha cabeça não é uma bobagenzinha. Os imundos tiveram o que mereciam. Poderiam ter seqüestrado um casal indefeso, um velhinho. Mexeram com a turma errada, só isso. — defendeu-se Alexandre.

— Mesmo assim... mesmo que tivéssemos razão em acabar com os dois... nós cedemos... nós obedecemos nossos instintos de fera. Não tomamos cuidado. Nós fomos monstros. O Bruno disse bem, lá no caixa eletrônico... eu não queria só o sangue do infeliz. Eu queria mostrar meus dentes, eu me alimentei do medo que ele exalava. Eu bati a cabeça dele contra o vidro uma dúzia de vezes a mais do que o necessário. Eu queria que a morte dele fosse dolorida. Fosse sofrida. Eu queria senti-lo penar nas minhas garras.

— Ah! Ah! Ah! Eu gostei da cara de pateta do fedorento que ficou no carro. Adorei tomar seu sangue. Palhaço.

— Eu não achei graça, Alexandre. Uma pessoa me viu toda cheia de sangue saindo daquele caixa automático. Acho que isso vai dar problema.

— Numa cidade violenta como São Paulo? No máximo mais um telefonema para o 190. — emendou Raul.

— Sabiam que eu já liguei para o 190 denunciando uma invasão em minha casa e ninguém apareceu para averiguar? Dá pra acreditar nisso. Um cara entrou na minha casa e se não é meu cunhado colocar o cara para correr, ele estaria lá até hoje. Liguei para o 190 e ninguém foi averiguar. — queixou-se Alexandre.

— O Raul tem razão. Com alguma sorte isso passa batido. A pessoa ia dizer o quê? Que viu uma mocinha suja de sangue? E daí? — inquiriu Bruno.

— E daí que vocês estão esquecendo que ficaram dois cadáveres para trás. Isso não passa despercebido. Nós mordemos os infelizes. Ignácio vai cair em cima de nosso couro.

— Pois que venha. — falou Alexandre, desafiador. — Ele é antigo, mas não é quatro. A gente acaba com a raça dele.

— Dois nóias. Dois drogados que queriam se dar bem num seqüestro relâmpago. Se deram mal. Ninguém vai investigar isso. É igual ao lance dos mendigos, que o Ignácio falou.

Patrícia meneou a cabeça negativamente ouvindo as palavras de Bruno.

— Esse é o problema. O Ignácio. Se esses cadáveres começarem a feder, ele vai cair em cima da gente, mesmo. — observou Raul. — E mesmo a gente sendo quatro, Alexandre, duvido que consigamos detê-lo se ele quiser acabar com a gente.

— Vocês estão muito preocupados com o que o Ignacinho vai pensar. — zombou novamente o vampiro de olhos verdes e cabelos arrepiados. — Tão esquecendo de algo fundamental.

— O quê?

— Ele nos procurou, garota. Ele veio atrás da gente porque precisa da gente por algum motivo. Essa história de encher o rabo da gente com dinheiro, apartamento, carro de milionário... isso tem uma razão, ainda não sabemos, mas sei que a morte de dois vagabundos que iam parar na lista dele mais cedo ou mais tarde, não vai deixá-lo perturbado ao ponto de nos pôr pra correr.

— Vamos torcer para isso dar em nada. Ficar ruminando essa situação não vai fazer diferença. Nós é quem fomos atacados primeiro. Temos direito em nos defender. Eles tinham armas, nós tínhamos dentes. — argumentou Bruno.

— Dentes e sede, Bruno. Principalmente sede. Estamos ficando viciados nessa merda.

As palavras de Patrícia pesaram. Os vampiros mantiveram-se em silêncio por alguns instantes. Foi Raul quem rompeu.

— Tô achando que a gente entrou numa roubada. Não devíamos ter aceitado sangue humano do Ignácio. Agora vamos querer mais e mais. Vocês estão maravilhosos. A Patrícia chega a estar rosada, linda... a cada noite mais sedutora.

Os vampiros pararam para olhar para a amiga. Era verdade. O rosto da vampira estava um tanto menos pálido... não chegava ao extremo de estar "rosado", mas parecia muito bem. Exalava uma sensualidade arrebatadora. Era linda. Linda.

— O Bruno, que estava estranho nos últimos dias, está cada vez mais forte. Parece outro cara. Mais bonito, mais musculoso. Essa merda de sangue opera milagres em nosso corpo. Vamos querer tomar isso toda hora.

— Por isso nos chamam de malditos. De desgraçados. Ser vampiro não é um passeio no parque. Viver essa vida eterna é castigo, não é prêmio. — disse Patrícia, com a voz apagada. — Estamos afundando e nos degradando... temo que em breve nosso caminho não terá volta.

— A noite acabou cedo para nós hoje. E tudo por causa da sua visão no bar. Se tivéssemos ficado lá, talvez não teríamos sido assaltados. E, de mais a mais, talvez aquele cara nem fosse um vampiro. — reclamou Alexandre, vendo-se novamente enclausurado no apartamento da amiga.

— É verdade. Com esse salseiro eu tinha até esquecido daquele cara que eu vi. Era um vampiro, gente. Só podia ser. Ninguém fica encarando a gente. Todo mundo desvia o olhar. Ele estava me olhando. Fixo. Estranho.

— Relaxa, Pati. Ele estava te paquerando. Você é uma gatinha. Branca, uma gatinha branca de fadas. — riu Raul, com a própria observação.

— Bem, não sei quanto a vocês, mas para eu relaxar, gosto é de ler. Vou devorar a *Cartilha*. Quem sabe amanhã eu não sou premiado com outro seqüestro relâmpago. É sempre bom ter um ou dois truques na manga nessas horas.

Raul dirigiu-se ao quarto de Patrícia, tirando a *Cartilha* do bolso interno de sua jaqueta. Sabia que ali encontraria revelações e mais explicações. Encontraria ensinamentos importantes para tornar-se um vampiro letal. Um vampiro perigoso. Caso Patrícia estivesse certa, caso aquele cara no bar fosse mesmo um vampiro encarando o quarteto, seria bom estar mais esperto para se virar melhor na hora do aperto, na hora do combate. Se ele fosse um vampiro, ele viria atrás do bando. Sabia disso.

Na sala, Alexandre e Patrícia se olhavam. A garota estendeu a mão ao colega. Alexandre hesitou, mas acabou cedendo à própria birra. Coisa de criança. Estendeu a mão e segurou a de Patrícia.

— Estamos perdendo a cabeça, irmão. Não podemos ser oponentes numa hora dessas. Temos de continuar no mesmo time. Somos o turno da noite, lembra. Juntos para detonar os vagabundos.

— É isso aí, Patrícia. Mas só por via das dúvidas, não quero pegar elevador com você nas próximas semanas.

Os dois riram e trocaram um abraço fraterno. Aquela atmosfera ruim ia embora tão subitamente quanto viera. Como encanto.

Patrícia deixou a cabeça no peito do amigo um pouco e suspirou profundamente. Estava insegura. Estava preocupada. Estava com medo.

Quando se aproximava o raiar do sol, Patrícia foi para seu quarto. Raul já tinha deixado o ambiente, entocando-se em outro cômodo. Os amigos ficariam por ali mais uma noite. Estavam se apegando. Unindo-se verdadeiramente. Pareciam precisar um da presença do outro. A vampira olhou pela janela. O céu começava a perder o manto negro. A Terra galopava pelo universo, orbitando ao redor do Sol, girando em seu eixo, manchando o horizonte de luz e dando ao céu uma faixa rubra. A luz viria. Patrícia queria ver o sol. Queria ficar ali na janela. Queria poder andar no parque Villa Lobos como os demais. Fechou as cortinas pesadas. Travou a janela. Sabia que não podia. O convívio à luz do dia era negado aos filhos das trevas. Os malditos estavam condenados à fria escuridão.

Patrícia alisou o couro da jaqueta negra presa à cadeira ao lado de sua cama. Como de costume, antes de levar a peça de volta ao cabide, verificou os bolsos. Estranhou. Um papel branco, dobrado. Abriu a folha. Um bilhete.

"Leia a *Cartilha*. Domine o bloqueio mental. Voltarei a fazer contato quando estiver pronta. Não conte aos outros por enquanto. Vocês correm perigo. Assinado: Um amigo."

Patrícia começou a tremer. Quem tinha colocado aquele bilhete em sua jaqueta? Seria um dos rapazes fazendo graça? Brincadeira de mau gosto. Releu o bilhete. Respirava rapidamente, sem notar que aquelas palavras chegavam a causar um distúrbio psicofisiológico, fazendo seu inconsciente buscar mais ar sem mesmo precisar de oxigênio para sobreviver. A qual perigo se referia aquele papel? Quem voltaria a fazer contato? Apenas um rosto veio à mente da jovem vampira. O cara de rosto fino e traços fortes. O cara com rosto de homem e olhos de anjo. O homem de rosto pálido que a encarara no bar... o vampiro!

A vampira recostou-se à parede. Um sono pesado e hipnótico começava a se apoderar de sua mente, de seu corpo. Aquele bilhete.

Não era brincadeira dos meninos. Era sério. Era como um mensageiro trazendo resposta, uma certeza. A vida prometida por Ignácio não poderia ser tão boa assim. Ignácio usava poderes mentais para dominá-los. Ignácio não deixava que perguntassem tudo o que queriam saber. Ignácio era uma ameaça. O perigo era ele, só podia ser ele. Patrícia queria lembrar-se plenamente da fisionomia do vampiro avistado no bar, mas não conseguia. Lembrava-se da expressão em seus olhos e da firmeza do olhar. Um rosto pálido, a despeito dos traços firmes, a feição era nublada. Um vampiro. Estava certa. Tinha visto um vampiro. E se quisesse um novo encontro, teria de seguir as recomendações do bilhete. Teria de confiar naquele vampiro desconhecido. Teria de manter a boca calada. Treinar o bloqueio mental. Dominar o bloqueio mental. Lançou um olhar para a *Cartilha da Escuridão* sobre o seu criado-mudo. Não teria mais tempo. O sol... era hora de dormir. Recostou-se na parede e cruzou os braços sobre o peito. Seus olhos cintilaram brevemente. Fechou-os. A pele ligeiramente corada pela recente ingestão de sangue recobriu-se de uma coloração acinzentada. A vampira entrou em transe. Mergulhou no sono dos malditos. Várias inseguranças consumindo o pensamento, apenas duas certezas. Primeira: Ignácio não era um samaritano, buscando salvar e confortar os semelhantes desprotegidos. Segunda: O turno da noite estava em perigo.

Fim do primeiro episódio

Próximo episódio

REVELAÇÕES

Fale com o escritor:
andrevianco@gmail.com

Conheça outros livros do autor...

Sete corpos cadavéricos são encontrados dentro de uma caixa de prata a bordo de uma caravela naufragada no litoral brasileiro há mais de 500 anos. Apesar das advertências grafadas no objeto de prata, a equipe do Departamento de História da Universidade Soares de Porto Alegre decide violar a caixa para estudar os cadáveres. Quando os pesquisadores abrem a caixa, acabam despertando Inverno, um dos mais temíveis vampiros que já existiu. O *best-seller Os Sete* encanta o leitor com sua originalidade e ritmo do começo ao fim. Um passeio empolgante e inesquecível pelo mundo dos vampiros do Rio Douro.

O vampiro Sétimo surge na continuação do magnífico *Os Sete*, revelando toda a frieza e o poder do mais temido vampiro de todos os tempos. Sétimo assume a forma de um adolescente de dezesseis anos e ergue uma verdadeira legião de vampiros para dominar o Brasil e o mundo de forma sangrenta e apavorante. Elege, então, um vampiro para servir-lhe como guia, general e pupilo. Com sua sede por sangue e conquistas, proclama-se a criatura mais poderosa da Terra, atraindo, além dos vampiros, inimigos deste e do outro mundo que despenderão esforço sobre-humano para combatê-lo, empregando, além de armas carregadas com balas de prata, dentes pontiagudos e poderes paranormais. Um *thriller* de encher os olhos e acender a imaginação do leitor.

Um anjo tentando salvar a alma de um mortal acaba quebrando uma das mais importantes regras que rege o mundo dos anjos e dos demônios. Tal fato permite que as criaturas das trevas conclamem a "Batalha Negra", o que poderá desencadear a destruição de todos os anjos de luz da Terra. Agora, os dois exércitos estão furiosos, transformando as tranqüilas pastagens de Belo Verde em um funesto campo de batalha, onde as espadas se parecem chamas, e os olhos, brasa. Esta misteriosa aventura sobrenatural orquestrada pelo mestre da fantasia e do terror nacional, André Vianco, está repleta de batalhas do mundo dos anjos, dos vampiros e dos demônios, tendo como cenário uma pequena cidade do interior do Brasil.

Os protagonistas deste agradável e emocionante romance transitam pelo mundo do sofrimento, do remorso e da solidão. O que está em jogo é a vida de quatro pessoas. Caminham cadenciados para um desfecho sombrio, sem esperança e sem paixão. Contudo, deparam-se com um estranho que lhes traz um misterioso cartão de visitas. Aqueles que seguirem o coração e buscarem "A Casa" encontrarão uma porta aberta para o perdão e para uma segunda chance com aqueles que já partiram deste mundo. Este é o primeiro livro de Vianco que segue a linha espiritualista, despertando a reflexão em torno do sentido máximo da vida.

Uma noite começada como outra qualquer entra para a história da humanidade quando metade dos seres humanos adormece de forma inexplicável. O pesadelo parece não ter fim quando os humanos, livres do sono, descobrem que dividem a noite com os demônios da escuridão. Nessa atmosfera de horror e tensão, surgem criaturas que poderão lutar contra o mal e o terror: os Bentos. Seres abençoados que têm a missão de combater os vampiros a qualquer custo. Para tanto, precisarão se unir ao último Bento, que desperta de um sono de trinta anos... E ainda não imagina o que o espera fora daquela cama de hospital, onde tudo parece muito confuso. Vianco desafia o leitor a conhecer esta saga vigorosa, cheia de mistérios, e a apaixonar-se por suas passagens arrebatadoras e seus personagens poderosos.

Em *Sementes no Gelo* o autor volta a explorar o sobrenatural. Um detetive depara-se com o caso mais estranho de sua vida. Uma cliente surge queixando-se de estranhas aparições em seu apartamento. Quando começa a investigar o fenômeno bizarro, o detetive chama a atenção de espíritos furiosos, impedidos de reencarnar, que lançam sua fúria sobre todos os que lhe chamam a atenção e que se interpõem em seu caminho. Muitos sustos e situações sombrias conduzirão o leitor até o final mágico deste misterioso romance.

Lúcio, o escravo de Cantarzo, carrega seu mestre vampiro encerrado numa caixa de madeira. Sua missão é levá-lo até Tereza, uma bruxa que vive ao norte do Brasil, que fará com que Cantarzo desperte e se torne o rei dos vampiros. Com poucas pistas sobre o real paradeiro da tal bruxa, o lacaio do vampiro começa uma jornada que trará resultados nefastos, caso alcance seu objetivo. Do lado dos humanos, Bento Lucas faz crescer em seus semelhantes a chama da esperança, empurrando-os pelos trilhos da reconquista do país até então assolado pelos inimigos noturnos. O destino de Lucas e de Cantarzo está a ponto de se cruzar e nas páginas de *O Vampiro-Rei vol. 1* o leitor se encontrará com um mundo fantástico e assistirá de camarote a todo o desenrolar dessa saga inigualável, imaginada e conduzida por André Vianco, o talentoso contador de histórias que vem se destacando no campo da literatura fantástica brasileira.

Bento Lucas, o guerreiro de luz, e Cantarzo, o vampiro-rei, finalmente se encontram e protagonizam o grande combate. *O Vampiro-Rei vol. 2* é o tomo mais recheado de aventuras, combates e criaturas fantásticas de toda a saga iniciada em Bento. Bravura e determinação, medo e morte, paixões avassaladoras, criaturas assombrosas, personagens destemidos, situações de completo desespero e momentos de quietude e introspecção. Embarque em *O Vampiro-Rei* e conheça esta história. Conheça um mundo novo. Boa viagem!

NOVO SÉCULO EDITORA

Rua Aurora Soares Barbosa, 405
Vila Campesina - Osasco/SP
CEP 06023-010
Tel.: (11) 3699-7107
Fax: (11) 3699-7323

atendimento@novoseculo.com.br

FICHA TÉCNICA

Formato	16x23cm
Mancha	12,5x20,5cm
Tipologia	ClassGarmond BT
Corpo	11,5
Entrelinha	17,5
Total de páginas	338